独自暗中明

「五绝名臣」虞世南的妙墨禅心

吴鸿雁 著

浙江古籍出版社

《慈溪乡贤系列丛书》编委会

自序

“垂绥饮清露，流响出疏桐。居高声自远，非是藉秋风。”当这首诗轻轻从唇间启开的时候，似有一缕清风拂过耳畔的舒畅感。还记得儿时母亲教我背诗那会儿，这几个字稚气地从嘴里蹦出来时，是这般简扼清脆，朗朗上口，完全不需要在脑子打个弯。我思忖，作者该有着何等清透、明朗的出世心来写下这首意境深远的隐喻诗。

探寻虞世南的旅程，仿佛经历一段轮回的重塑。前生今世，莫名感觉我和他或许在擦肩而过的一刹那，相互驻足凝望过彼此。要不，怎会于千万人之中，独与他有过一段如莲般的相遇，且在千年之后如期赴约，跃然呈现在我的眉间、我的心头、我的笔下呢？

缘份，让你我再次相逢。尽管蹉跎过，但因着业力的推动，总会在命运的背后给你一个华丽的惊喜。

初遇虞公，是在那明媚阳光的清晨，驱车前往鸣鹤定水寺的途中，当时也未有人告诉我此处就是虞公故居。那是一个不起眼的小寺庙，偶见几位僧人悠闲地做着自己的分内事。这倒也好，不拘泥于外在的法相，修行本该如此，心已然放下，又何须执着于俗世的红尘琐事。正值阳春三月，春意盎然，四周翠竹成荫，清泉环流，风光旖旎。信步到寺边百米幽径直上，风动枝生乱影处，矗立两块石碑，一书“虞世南故里”，一镌“唐虞秘监故里”。

我在心中愕然，这就是虞公故里？一个山清水秀如世外桃源般的自然村落，鸣鹤山，定水寺，不管山还是寺，都与虞公有扯不清的缘。一位诞生此地的千古名臣，一位“舍宅为寺”的三朝重臣，被唐太宗称为五绝出世之才的知己，他身后的落寞又有几人知晓？红尘世人只记得他的丰功伟绩，他的旷世墨宝，而他的淡泊之志，他内心的清绝孤立，隔了千年，世人终究不能明了，难为他的那份超脱，那份悠悠之心，而今，终究得以清透如许般读破他的一片心。何等庆幸亲临他的故乡，拜悟他对生命的独欢。

大凡有出世之才者，很多都经历几番更朝换代的洗礼，才得以被上天眷顾。且具大才者，一者天赋异禀，少年得志；二者曾受良好家训，勤勉刻苦以致功成名就。虞公属于后者。

出生尊贵，却不沾半点浮夸自满，实属不易，或许是跟他自小过继于叔父虞寄有关。再宠爱，毕竟隔着一层血缘的薄纱，宠都是有限度的。现在想来，命运使然，所有的安排都是最好的，若是少了这个小因缘，也就未必能成就一代绝才。虞寄膝下无子，对世南的治学教育更是倾尽他之所有，恩威并施，治教甚严。世南不仅受业于吴郡名儒顾野王名下学习诗书礼乐，虞寄试图领世南拜当时的同郡人隐士智永禅师为师学习书法。智永禅师乃王羲之的七代孙，其书法继承王氏风骨，既已称隐士，定不愿过多涉足红尘，不予应承。虞寄只得领着世南三顾茅庐，以示坚定之心。

不得不说，虞寄的教育理念在今天看来还是颇值得推崇的。以重臣之尊向一位僧人三顾茅庐求学，由此可见，虞家的家风品德得到传统的上行下效的体现。若祖上无此厚德，难以世代延绵。世南的敦厚沉静、勤勉刻苦更是得益于虞寄的言传身教。也因着此番费劲周章的拜师治学，虞世南更珍惜这次难得的机缘。为了学习书法，他曾把自己关在楼上，不学成便不下楼。写过的废笔足足装满了一大瓮。他白天练完字，在入睡前还用手指划着肚皮或床单，琢磨字的气势结体。日子长久，被单也划穿了。十年磨一剑，方得“王书”法度，其字用笔圆融遒逸，端庄静穆，外柔内刚，不装奇巧，体现了儒家中和内含之美，且其继承法度后的大胆创新更是难能可贵。

虞世南的书法在当时声望颇高，他不光是继承了二王书法的中和之道，在行笔上也运用了不急不慢的书写速度，这种柔缓的行笔是贯彻中庸之道的一个细节，像太极拳一样，行云流水中内力尽蕴，无形无迹之中平和彰显。这得益于他几十年不温不火的人生体会和外柔内刚的性格素养，其宽广的胸怀和顺其自然的人生态度在他的书法里也表现得一览无余：汉字结构宽松，点画之间干净利落，不落俗套，难怪世人评价他的字说“君子藏器，以虞为优”呢。

虞世南在书法上的表现充分证明了“书者，如也”的定义，他的成就不光是在纸上表现了汉字的线条美、艺术美，更重要的是他凭借人性光芒成为历史上的精神典范。我想这才是一个活生生的他，也才是他应得之荣耀。至于书法，只是巍峨丰碑中的一个局部表现而已。

书画清高，首重人品，品节既优，他人不但重其笔墨，更钦仰其人。立品之人，笔墨外自有一种正大光明之概。古人论书云：“一须人品高，二须师法古，是书之法。学者习之，故当熟之于手，必先修诸德以熟之于身，德而熟之于身，书之于手，如是而为书焉。”恰如智永禅师之品之书，也正是虞寄所期。

虞世南的不同凡响由此可窥一斑。再去看他的书法，线条的背后，又何尝不是另一个圣人般的世界！这个世界里有着平淡下的勤奋，无声中的精进，自然里的无为。

诗僧辩光曾言：“书法犹释氏心印，发于心源，成于了悟，非口手所传。”智永书法的精妙，在于他精熟“永字八法”之奥妙，以“永”字八法为基础，以《千字文》为楷模。“永字八法”好似禅宗所讲的清净的真如本心，而二十四家书则好比是自心派生出的宇宙万物。因为真如本心是宇宙万有的本原、众生成佛的根据，只要一念相应，刹那证悟了自己的本心，而不迷惑于本心派生出的宇宙众生，就成了佛。同样，“永字八法”也是构成书法的根本原则，包括二十四家书都是从它那里派生出的，只要悟解了“永字八法”是书法造型的基本手段，就能创作出独特的书法艺术来，不必追举从它衍化出去的各家书法。

这足以可见虞世南的书法时时含隐着禅宗的底子，就如他的本性，恃宠不骄，谦良敦厚，外表文弱儒雅，遇事刚正不阿，一生崇尚俭朴自然的田园生活。

当然这也得益于虞世南生在天时、地利、人和的年代，唐太宗对书法的崇拜与重视达到了前所未有的程度，战争过后百废待兴，发展文化教育更是当务之急，特别是唐太宗对王羲之的敬仰，更使其生出对虞世南无比的器重与赞赏来。

虞世南与当时的欧阳询、褚遂良、薛稷合称唐初四大书法家，而他又是四人中最优者。其所作的《孔子庙堂碑》深得唐太宗的赞赏。唐太宗非常喜爱虞世南的字，并经常临写。相传有一天，唐太宗书“戬”字，但戈字还没有写好，正好虞世南进见，即提笔补写了一个“戈”字。唐太宗将两人合写的“戬”字给魏徵看，说：“朕学世南，尚近似否？”魏徵看后说：“戈字颇逼真。”虞世南死后，唐太宗叹息道：“世南死后，无人可以论书。”

怨歌行

紫殿秋风冷，雕甍落日沉。
裁纨凄断曲，织素别离心。
掖庭羞改画，长门不惜金。
宠移恩稍薄，情疏恨转深。
香销翠羽帐，弦断凤凰琴。
镜前红粉歇，阶上绿苔侵。
谁言掩歌扇，翻作白头吟。

不同于太白诗的磅礴仙气，杜甫的沉郁工整，孟浩然的恬淡清真。婉约绮丽的诗风，清丽刚健的书风，造就了他不同于芸芸诗人的格局。他的诗魂自有生命的皈依与安逸，融境界于广袤高远。既有“宠移恩稍薄，情疏恨转深”“裁纨凄断曲，织素别离心”的婉约抒情，又不乏“翠盖飞圆彩，明镜发轻花”“绿野明斜日，青山澹晚烟”的清新悦心。尤有洗脱前朝浮靡颓废，重塑雅正高尚之意。“诗，可以兴，可以观，可以群，可以怨。”

《全唐诗》共收入虞世南的诗歌 31 首，多为应制诗和咏物诗，拟古乐府。虞世南保存下来的作品不算多，但题材涉及广泛，确是隋唐之际罕见的诗坛多面手。明人许学夷评价虞诗为“唐音之始”，可见他在唐诗发展史上的地位。可惜当前学者研究虞世南，大多把目光集中在他的书法成就上，研究其诗的作者却寥寥无几，实在与他的文学成就和地位很不相称。

更让唐太宗折服的是他的博闻强记。一次，唐太宗命他把《列女传》书写在屏风上。《列女传》足足记载了 105 位女性的故事，当时没有底本，虞世南沉思片刻，就立即默写出来，竟然一字不差，他的博闻强记再次震撼了唐太宗。

史书上记载虞世南虽是身形瘦弱，容貌儒雅，但他秉性刚正不阿，直言敢谏，为官清正。有一回，唐太宗写了一首宫体诗命虞世南唱和。虞世南进谏说:“圣作虽工，体制非雅，上之所好，下必随之。此文一行，恐致风靡，而今而后，请不奉诏。”太宗嘉奖他的直谏，赐绢五十匹。太宗颇好畋猎，虞世南多次规谏，都被采纳，史称其“有犯无隐，多类此也”。可见虞公的直谏和刚正对于唐太宗促成“贞观之治”也是有影响的。

虞世南一生历仕陈、隋、唐三朝，辗转数来，三朝天子三朝臣，天子亦是仰慕他的才学，隋炀帝三顾茅庐，但虞公不与共志，推诿还乡。他在等待他的明主，好在那一天终于到来，怀揣着他的满腔效主之忠，报国之志，经纶之才，跟随互引为知己的李世民，尽忠毕生，直至贞观十二年（638）五月壬申（二十五）日（7 月 11 日）卒于长安，享年八十岁。唐太宗十分悲伤，痛哭流涕，述道:“虞世南对我忠心一体，拾遗补阙，无日暂忘，实为当代名臣，人伦准的。我有小失必犯颜直谏，而今亡故，朝廷上下，无复人矣!”于是赐东园秘器，陪葬昭陵，赠礼部尚书，谥文懿。太宗还命人画世南像挂于宫中凌烟阁。

南朝陈文帝天嘉（560—566）中，虞荔去世，文帝表彰虞荔的德行，知道他两个儿子都非常博学，便派遣使者到虞家慰勉审视，等到世南服丧期满，召为建安王法曹参军，但因养父虞寄身陷叛军之中，仍布衣蔬食。直到太建末年陈宣帝平定叛乱，虞寄回来，“方令世南释布食肉”。

虽是一父母所生养，但兄弟俩各自的人生轨迹和境界抱负却有着天壤之别。当时虞世基（虞世南的哥哥）在隋炀帝时任光禄大夫、内史侍郎，家庭生活豪奢无比，虞世南虽与其兄住在一起，仍然生活俭朴，不改旧习。隋朝灭亡前夕，宇文化及将杀隋炀帝与虞世基，世南抱持号位，请求以身代兄而不得，时人称颂其义。说实话，世南的人伦孝悌，就如太宗所言，最是珍贵，不仅撼动了天子，亦是为世人所钦佩。

细数历朝以来的重臣才俊，或文或武，或愚或贤，都难以使我心有微澜，而他的大仁、大义、大孝、大忠，却足以撼动我心！仁者爱人，百善孝为先，每每以为只有孔老夫子才配得起，只是，过繁的教条似乎让孔夫子缺些许温度。而此，终于有人把它装饰起来了，有温有色，才够鲜活。二度守孝、感至天子的大孝大贤，舍身救兄的大义大悌；刚正勇烈、直谏无畏的大仁大忠；一生勤俭、舍宅为寺的大悟大爱；身在富贵而不自矜，急流勇退的彻悟，这样的男儿是人海里的出水莲花，古往今来又有几人？

在那青山隐隐水迢迢的定水寺旁，荷意翩翩夏日萤的时光，我若遇上虞公，定会许他一段时光，备下清酒佳肴，邀他浅斟低吟，不会让他独自弦断凤凰琴，因为他是我心仪的君子。至少，他是真性情的自在人，忠贞抗烈的风骨下难掩哀忧的精魂。

《独自暗中明：『五绝名臣』虞世南的妙墨禅心》序

慈溪市乡贤会的裘一挥会长嘱我给《独自暗中明："五绝名臣"虞世南的妙墨禅心》写个序。近年来，裘一挥会长致力于慈溪乡贤事业，广泛发掘家乡古今贤达，予以"呼"和"鼓"，使沉寂一时的古代著名乡贤虞世南的影响力在家乡也日渐隆盛起来，此《诗传》或由此而来。本人学识浅薄，对文学更是一窍不通，故再三推辞，但裘会长非要我写几句，于是勉为其难，谈几点学习体会。

虞世南是南朝及隋唐时期越州余姚人，其生活年代，慈溪还没有置县，其故里时属余姚县。唐开元二十六年（738）析越州东部置明州，余姚县东部一带亦析置为慈溪县，于是虞世南遂成为了慈溪乡贤，时至今日。其故居后成为浙东名刹定水寺，今遗址亦存。

虞世南有弟兄两人，其同兄长虞世基均是隋唐时期著名官员、学者和诗人，为现籍慈溪古代乡贤。

虞世南兄长虞世基曾任隋内史侍郎，隋代设内史、尚书、门下三省，三省长官皆为宰相，由于隋炀帝杨广未称帝前曾任内史省长官，故其后不设内史令，以内史侍郎为实际负责人。故史书称其"专典机密，参掌朝政"，为隋炀帝时期的重臣。

而虞世南在唐太宗李世民朝曾任秘书省长官秘书监。秘书省为中书省所属，中书省即隋代之内史省，隋唐设三省六部制，六部为尚书省所属，但中书省所属之秘书省地位略高于六部，唐高祖武德初，秘书监为从二品，各部尚书为正三品，秘书少监为从四品上，六部侍郎为从四品下。唐名臣魏徵也曾任秘书监，贞观三年以秘书监参预朝政。虞世南任秘书监的第二年又晋封为永兴县公，唐代列爵九等：王、郡王、国公、郡公、县公、侯、伯、子、男。虞世南之爵位在侯爵之上，可能也是慈溪历代乡贤中爵位最高的。

虞世南兄弟作为古代著名学者，为后代留下有重要文献遗产，如虞世基主持编纂的《区宇图志》，是古代一部较早的全国性区域志；虞世南所编的《北堂书钞》被誉为唐代四大类书之一，也是中国现存最早的类书之一。

在文学方面，兄弟两人成就也很大，尤其在诗歌方面，虞世南同其兄长虞世基更是隋唐诗坛的重要代表人物。

隋朝的诗坛主要由北派和南派组成。北派诗人的主要代表人物是卢思道和薛道衡，南派诗人的主要代表人物为江总和虞世基。由于受地域文化的影响，北派诗人的诗作比较雄壮而有豪情，而南派诗人的诗作则以感物抒情见长。因受南朝陈后主对文学喜好的影响，隋代南朝诗人所作诗歌的数量和质量总体超过北朝，然而由于政治中心地处北方，因此当时诗坛偏重于对北派诗人的认同。在南派众多的著名诗人之中，虞世基是其中的主要代表人物和领军人物。在年轻时，虞世基就已有盛名，南朝陈后主专门召见，令虞世基作《讲武赋》，虞世基当场为后主奏一千字的词一首，内容精致，形式精美，表现的非常有才，"陈主嘉之，赐马一匹"。当时名重一时的著名诗人、文坛领袖徐陵称虞世基为"当今潘、陆"。时秘书监柳顾言也对虞世基极为推崇，称"海内当共推此一人，非吾侪所及也"。徐陵所称的"潘、陆"即西晋太康诗人潘岳和陆机，乃西晋太康时期的诗坛领袖，为"太康体"的主要代表。"太康体"诗歌比较注重艺术形式的追求，讲究辞藻华美和对偶工整，是当时的主流代表诗体。

受南朝诗风的影响，虞世基早期的诗精工细致，但风格轻艳。入隋以后，由于杨广出身北方，诗风豪迈、清新流畅，于是虞世基的诗歌亦有向“词清体润”方向转变，如《初渡江诗》和《入关诗》，感情慷慨，风格俊迈，意境疏朗有致，流露真情，一改宫廷诗的浓妆华艳，具有南北融合的特征。当时在南朝唯一能与虞世基抗衡的是陈代亡国宰相江总，江总是宫体艳诗的代表诗人之一，其诗意浮艳靡丽，内容贫弱，多是一些为统治者淫乐助兴之作，后随着国家兴亡和其个人际遇的变化，他的诗也渐渐洗去浮艳之色，时有悲凉之音。总之，作为陈朝“宫廷派”的领袖，江总在陈朝时诗坛地位高于虞世基，入隋之后，随着虞世基创作的转变和政治地位的提升，其诗坛地位已在江总之上，并成为隋朝诗坛的主要代表人物和领军人物，真正成为“海内当共推此一人”。

而虞世南的诗早期受南朝诗风影响，曾是初唐宫廷诗的代表人物。

从南朝梁代开始，宫廷成为诗歌的创作中心，这种状况一直延续到初唐。至贞观时期，由于唐太宗喜好诗歌，因此宫廷仍然是诗歌创作的中心。早在李世民（唐太宗）未登基前，他就搜罗了十八位当时一流的文人学士，成立了文学馆。其中著名的诗人有虞世南、褚亮、许敬宗等，虞世南和褚亮都是宫廷大诗人徐陵的弟子。据袁望在《论初唐余姚籍诗人虞世南诗风的新质》一文中载：“虞世南是当时首屈一指的文士，他的诗歌才能在上述三人中遥遥领先。他生长于衰微的陈朝，年少时的诗歌创作不仅引起徐陵注意，还受到另一位宫廷诗大师江总的青睐。他是一位多才多艺的南朝文士。"作为南朝文坛领袖徐陵的得意弟子，受到当时皇帝李世民的赏识推重，虞世南俨然成为初唐时期诗坛的领袖，尤其在宫体诗创作方面，更是无人可与相比及。当时虞世南所编的《北堂书钞》等类书，里面记载有应制咏物时摭拾辞藻和事典等，成为宫廷诗人的作诗典范。

虞世南虽然是初唐宫体诗的领袖人物，然而入唐后受到唐朝开国宏大气象与昂扬格调的影响，他的诗风呈现出新的趋向，开始从宫廷诗的婉约繁缛向苍劲高昂、清韵独远方向转变，诗歌意境和内容也进一步拓展，这一时期，他的咏物诗、边塞诗达到了一种新的高度，对后世诗歌创作产生了积极的影响。比如虞世南的《咏蝉》诗，把蝉清逸的形象与诗人高洁的品格融为一体，以物言志，意境高远，向为后人所推崇，是其主要代表作品之一，在《唐诗三百首》中被选为开篇之作。而虞世南创作的边塞诗尤为引人注目，被认为"声气稍雄，此唐音之始也"。比如虞世南在写《出塞》一诗中，笔力遒劲、气势豪壮，率先以壮阔的境界、雄浑的气韵改写了齐梁以来绮靡不振的诗风。可以说，虞世南独特的雄奇文风，对初盛唐边塞诗的演进和蓬勃发展起到了重要的推进作用，并且是唐边塞诗的先驱。总之，虞世南在宫体诗基础上所作的改革，抵制了前朝沿袭下来的一贯艳丽的诗风，并赋予更多实在的内容，不仅为当时沉闷的诗坛带来了一股清新的空气，而且也为唐代诗歌的繁荣发展奠定了重要基础，因此虞世南不仅仅是初唐时期诗坛的领袖，同时也是唐诗的主要开创者。这与唐太宗把他评价为"德行、忠直、博学、文词、书翰为五绝"也是吻合的。

吴鸿雁所撰的这部《独自暗中明："五绝名臣"虞世

南的妙墨禅心》以虞世南的31首代表诗为切入点开展研究、分析和评论创作，在文学创作形式方面很有新意，别开一面，同时，作品文字清新，使人在阅读上也很有美感。吴鸿雁作为慈溪一位“80后”才女，爱好文史，长于易道，学识渊博，其在创作中善于从诗词细节挖掘虞世南人文精神，知微见著，酌古准今，颇见其学识功力。

当前，全国上下正在通过学习《习近平用典》而深入推进中华优秀传统文化建设，古代诗词是中华优秀传统文化的重要组成部分，慈溪市也正在积极贯彻落实习近平总书记关于弘扬中华优秀传统文化的重要指示精神，开展“中国诗歌之乡”创建等活动，《独自暗中明：“五绝名臣”虞世南的妙墨禅心》也正是慈溪市乡贤会大力弘扬中华优秀传统文化、积极助力慈溪“中国诗歌之乡”创建、深入开展乡贤文化挖掘宣传的一项重要成果。值此书即将出版之际，予以祝贺，亦为序。

方　东

2020年春

目录

前记

虞宅虽近在咫尺，似乎离我们很远而却又分外熟悉。历史上的“贞观之治”无人不晓，特别值得一提的是李世民在统一战争中赢得了李建成、李元吉望尘莫及的三大优势：一是建立了赫赫战功，提高了他在朝野的威信；二是执掌兵权，培植了自己的势力；三是收罗了大批的杰出人才。第三点尤为体现了李世民的雄图远略。

如果没有“贞观之治”时的虞世南，或许就没有褚遂良、张旭，更或许就没有王勃、李白、杜甫。

唐太宗深谙武能兴邦、文能治国的道理，所以他收罗的秦府文学馆的十八学士，各个都是满腹经纶的才子。这些学士待遇优厚，吃的是五品珍膳，每天三班在馆中值日。李世民有闲暇就与他们谈文论史，评点政事。

与前面的汉朝相比，唐朝的文化显得有些苍白，思想成果就更不如汉朝了，唯独诗歌例外。这与唐太宗大力宣扬了十八学士的才学有关。唐太宗喜好作诗，大臣们也都着意于写诗，每每把宴会办成咏诗会完全是唐太宗倡导的。那么虞世南的诗很好，为什么没有因诗作而出名呢？有人解释，因为在历史上，他的功业远远盖过了文学上的成就。《全唐诗》的编者甚至说，唐代三百年诗风之盛实际上是唐太宗开了先河，而虞世南则是真正的实践功勋者。唐朝的文学，用温柔敦厚的底子，加了许多慷慨悲歌的新成分，不知不觉便产生出一种异彩来。

揣摩着从浓墨重彩的历史功绩入手，详解虞世南，但我怕过于喧哗地评述他的丰功伟绩，会落入俗套，况且即便是妙笔生花，都无法述尽历史上真正的那位淡泊名利、恬淡沉静的五绝奇才来。着实遗憾的是，翻阅历史古籍，对他的详述少之又少，或许跟他的淡泊出世心有极大的关系。我只能从他的旁枝末节，从他的诗歌入手，走进他的内心世界，与他的

《蝉》诗、禅心、儒德一起来探寻这位寂寞了千年的五绝名臣。

在此，通过天一阁博物馆地方志部主任龚烈沸老师讲述的《余姚虞氏世家及其家族文化》和《浙东望族鸣鹤虞氏》一书中的记载，先为大家揭开“累叶簪缨，才彦辈出”的鸣鹤虞氏家族的辉煌史。

两汉之际，虞竟自东郡（今河南、山东两省交界处）南迁会稽余姚（今浙江余姚、慈溪部分地区），至东汉末，这个家族开始迅速发展，凭借道德、事功、学术以及强大的宗族和经济力量，巧妙处理与各种势力的关系，一跃成为“江左豪族”。在东汉末至唐中叶的四五百年时间里，该家族势力长期不坠，先后有20余人载于《三国志》等国史正传，加上见于其他历史典籍的50余人，共有70余人留名于各类主流历史文献。其中封侯者7人，官至三公九卿者10余人，一时风光无二，被郭沫若先生列为会稽世族之首。

这个虞氏家族分为西虞与东虞两支。西虞定居在余姚城西南的罗壁山区，东虞后来则主要聚居于杜湖山虞家湾（今慈溪观海卫镇鸣鹤杜岙村）一带，因唐开元二十六年（738）以前的数百年间，鸣鹤杜岙村地属会稽郡余姚县，故当时两地都称会稽虞氏或余姚虞氏，而按照现在的说法，则西虞为余姚虞氏，东虞为慈溪虞氏或鸣鹤虞氏。

西虞一支为日南太守虞国之后，东虞一支为其兄零陵太守虞光之后。

光绪《余姚县志》载：“虞国墅，在罗壁山，汉虞季鸿（虞国之字）之别墅也。至晋而郗愔卜居之，有郗家池。谢灵云《山居赋》所云郗氏岙是也。虞国宅在赭山南，郦道元云宅为百官仓，即双雁送国归处，号西虞，以其兄零陵太守光居县东称东虞。”

北魏郦道元《水经注》载：“（姚）江水又东径赭山南，虞翻尝登此山四望，诫子孙可居江北，世有禄位，居江南则不昌也。然住江北者，相继代兴；时在江南者，辄多沦替。仲翔之言为有征矣。江水又经官仓，仓即日南太守虞国旧宅，号曰西虞，以其兄光居县东故也，是地即其双雁送故处。江水又东径余姚县故城南，县城是吴将朱然所筑，南临江津，北背巨海，夫子所谓沧海浩浩，万里之渊也。县西去会稽百四十里，因句余山以名县。山在余姚之南，句章之北也。江水又东径穴湖塘，湖水沃其一县，并为良畴矣。江水又东注于海，是所谓三江者也。”

《水经注》对于姚江东流入海的沿岸地理描述，与今日状况完全吻合。文中提到西虞虞国宅在姚江旁，《县志》又记载虞国宅在赭山南，虞国别墅在城南十五里的罗壁山上，表述都比较清楚。而对于东虞的虞光，却仅说“居县东”，就没有了下文，而且在《余姚县志》中再也见不到别的记载。要知余姚虞氏，以虞光东虞一支最为鼎盛。从平舆令虞成、日南太守虞歆到名士虞翻、天文学家虞耸、虞喜，经史学家虞预，直至五绝名臣虞世南，名人辈出，本应好好宣扬，却语焉不详，着实有些奇怪。因此可以肯定虞光一支并非居于余姚县城东部，而是居于余姚县的东部，即穴湖以东，姚江之北的区域。从穴湖、横河、原慈溪陆埠、车厩、丈亭等地出土的汉唐虞氏砖甓来看，东虞一支约在东汉晚期逐步往东迁徙，魏晋南北朝时期，已有分支定居在《句章摭逸》所载的杜湖山虞家湾。也只有这样，才可以解释为什么《余姚县志》找不到的虞氏居地、遗迹会出现在《慈溪县志》中。

杜湖山虞家湾，位于杜湖南部，在东汉初建武年间，杜湖已形成，湖北为海，有埠头可通海而出。此地风景秀丽，交通便利，适宜家族居住休养生息。

光绪《慈溪县志》记载：“光为诩之后。”《嘉靖志·虞翻传》云：“翻，诩之后，自上阳（今河南三门峡）徙宅句章（慈溪古称句章）。”说虞光是直接从河南迁到慈溪。

《晋书·虞啸父传》：“帝从容问曰：‘卿在门下，初不闻有所献替邪?’啸父家近海，谓帝有所求，对曰：‘天时尚温，鯯鱼虾鲊未可致。寻当有所上献。’”说虞啸父居海边，善于烹饪海鲜。

虞啸父、虞喜家在海边，也只有鸣鹤符合这个条件。光绪《慈溪县志》还记载一些位于鸣鹤的虞氏家族的遗迹，如虞都尉讲舍、孙定太夫人养堂、测天楼、虞征士宅、东中郎宅、虞学士宅、虞鸣鹤宅等，无论是当时所建还是后人纪念性质的建筑，二者互相印证了虞氏落居于此的事实。

虞翻真是一位了不起的人物，登赭山告诫子孙要居江北，应当是看到了姚江以北地广人稀所产生的巨大的发展空间，或许还看到近海可渔可航、可进可退的地理优势。四百年后，随着瓷业的兴起，鸣鹤杜湖边的埠头脱颖而出成为三北一带重要的码头和越窑青瓷集散中心——西埠头，而东虞一支在鸣鹤相继代兴，也印证了虞翻“居江北，世有禄位”的预言。

入陈之后，虞荔兄弟虽分别官至太子中庶子、中书侍郎，但历时短暂，权位不重。任职陈氏政权中的其他虞氏族人，譬如虞荔之子虞世基、世南兄弟，虞孝曾、虞绰父子和仪同三司虞仲卿也莫不如此。他们对于时政几乎毫无影响力可言，对于业已衰败的族势也无力加以重振。至于聚居在故里的乡族亲党，在历经“侯景之乱”等一系列社会动乱的摧残之后，族人大量迁移，家族组织就此分崩离析。

隋朝统一南北，曾任职于陈氏政权的虞氏族人在经历了仕途不畅与家境贫困的短暂煎熬之后，随着隋炀帝的即位及其大力提携江南士人政策的出台和贯彻，而得任于大业年间。在此期间，或如虞世基被委以亲重要任，“顾遇弥隆”；或如虞绰与虞世南“常居禁中，以文翰待诏，恩盼隆洽”。至唐初，虞世南更是深得唐太宗的嘉许和进用，被誉为德行、忠直、博学、文词、书翰“五绝”兼具者，死后赐东园秘器，陪葬昭陵，赠礼部尚书，谥曰文懿。虞世南长子虞昶，官至工部侍郎，配司空房玄龄之女。虞世南之女虞秀姚，嫁梁昭明太子五世孙萧鉴，萧鉴曾任李承乾的太子右监门率府长史，后被袭封为兰陵县公。虞世基之孙虞逊为唐简州刺史。这段时期，虞氏家族虞仲卿一支也在默默向上发展，虞仲卿之子虞荷为银青光禄大夫，绵州刺史；虞仲卿之孙虞哲，为通议大夫，醴陵县令；虞玄操为鄜州长史；曾孙虞照乘为云梦令，虞思隐为蔡州司户；玄孙虞从道为南平郡司马。而虞从道之子虞当，为沔州刺史，还是唐朝名臣第五琦的女婿。虞九皋（虞世南的孙子），字鸣鹤，在唐贞元年间（785—805）考中进士，后卒于长安，乡里人哀之，为了纪念虞九皋，而将其乡更名为“鸣鹤”。

鸣鹤虞氏的家风是允文允武，道德、事功、学术并重。

鸣鹤虞氏自汉零陵太守虞光开始，就以经学传家，虞光研究《孟氏易》，之后传子平舆令虞成，虞成再传虞凤，虞凤传虞歆，最后传至五世孙，即三国时的虞翻。虞翻经过一番拓展创新与融会贯通，终于写成《周易注》《周易日月变例》《周易集林律历》《易律历》等研究《周易》的著作。虞翻是当时著名的学者，曾开馆授课，学生多达数百人，开岭南一代学风。虞翻著述丰富，关于经学的还有《论语注》《春秋外传国语注》二种明经学等。东晋虞预好经史，其兄虞喜则“专心经传，兼览谶纬，乃作《安天论》以难浑盖”，著有《毛诗略》《周官驳难》《论语赞》等，明显承袭汉代学风之余绪。南朝虞荔年仅九岁，随从伯虞阐候太常陆倕，陆倕问《五经》凡有十事，虞荔随问辄应，无有遗失，从中也可见家学渊源。

此外，鸣鹤虞氏重视天文、地理、历史、科技的研究。如虞耸在鸣鹤建造观察星象的“测天楼”，经多年观察，得出了“天形穹降如鸡子幕”的结论，并在此基础上写成《穹天论》；虞喜发现岁差，并作《安天论》，在世界天文学史上占有重要地位。虞翻著《川渎记》，记录全国河流；虞世基总检我国第一部官修地方志《区宇图志》；虞预有《晋书》《会稽典录》《诸虞传》；虞览有《虞氏家记》；虞世南有《史略》《帝王略论》等史学著作；虞荔有关于工程力学的《欹器图》。

再有虞绰、虞世南参与编写类书《长洲玉镜》，虞世南凭一人之力完成我国现存最早且较为完整的大型类书《北堂书钞》。

鸣鹤虞氏是当之无愧的学术世家，正是凭着学术文化，虞氏成为累世士族。但纵观虞氏家族的发迹史，尽管门风偏重崇文，却始终未曾摒弃其尚武传统，而且虞氏子弟在政治上的每一次崛起，莫不以军功战绩作为依托。鸣鹤虞氏的衰落始于东晋末年，在席卷江左的人文风气的浸润下，尚武传统逐渐失落。子弟“不堪治国，唯大读书”。虞氏世家以诗书官宦相传，历战乱动荡而不绝，达则入仕朝廷，隐者优游林下。

最值得深度探究的是虞式家族历五百余年而绵延不绝的辉煌之源，其长盛不衰的宝藏，其源远流长的密码，至此终于发现了答案，恰恰就是他的祖先建立起来的专属于自己的一套文化特权：文化群落、文化领袖、文化人格，以及文化在这个时代、地域坐标上的定位与价值取向。独特的地域文化背景和文化积累形成了他们独特的文化人格。其基本特征是：非急功近利的书术研究，追求自我人格的完善。如虞翻的我行我素、虞喜的终身隐居、虞世南之令唐太宗都为之顾忌的内中刚正。虞氏家族所处时代，东南政治文化中心在今绍兴、南京一带，文化形态有别于北朝的中原文化。

关于虞世南的籍贯，以往书籍均作越州余姚人，从历史情况说自然不错。但根据宝庆《四明志》记载，定水寺为虞世南故宅。延祐《四明志》袁桷按曰：寺内有世南遗像，虞氏子孙多居鸣鹤。而鸣鹤在历史上有时隶属于余姚，有时隶属于慈溪，今隶属于慈溪市观海卫镇。因此我们可以确定，虞氏家族的根脉就在慈溪观海卫镇鸣鹤。后虞世南既官长安，陪葬昭陵，子孙皆居长安，遂以故宅为寺。定水寺遗址就在慈溪市观海卫镇杜湖南杜岙村解家，今寺虽毁而故址尚存。1986 年 8 月，慈溪市人民政府将“虞世南故里”列为第二批市文物保护单位。

虞世南父虞荔，字山披，梁廷尉卿、永嘉太守；虞荔父检，始兴王萧憺谘议参军。因家传儒学，荔九岁时，随从伯虞阐候太常陆任，任问“五经”凡有十事，荔随问辄应，无有遗失，任甚异之。梁衡阳王萧元简为会稽太守，曾辟他为主簿，辞以年少不就。年长，为丹阳诏狱正。梁武帝于城西建士林馆用虞荔为士林学士。后为中书舍人，领大著作。“侯景之乱”，他逃归乡里。其后，张彪曾一度据有会稽，虞荔亦陷其中。及平张彪，虞荔入建康为太子中庶子，又领大著作及东扬、扬州大中正。不久病卒；虞荔弟虞寄，字次安，少聪敏，陈太建八年（576）卒。

虞荔两个儿子虞世基、虞世南更是隋及唐初的著名人物，两人于《隋书》及两《唐书》各有传。虞世基，少时即博学高才，兼善草隶。仕官至尚书左丞，曾作《讲武赋》为陈后主所赏识。陈灭入隋，初时值内史省，贫而佣书养亲。到隋炀帝即位，迁内史侍部，专典机密，与苏威、宇文述、裴矩、裴蕴等参掌朝政，人称“五贵”。炀帝刚愎自用，听不进臣下意见，世基虽居近侍，也只能“唯诺取容，不敢忤意”。即便隋炀帝的残暴统治激起了人民的大规模起义，他也不敢如实报告。特别是他宠信继室孙氏，“恣其奢靡”，又行“鬻官卖狱，贿赂公行”的腐败行径，也加速了隋王朝的崩溃。宇文化及在江都发动政变时，他一家也同隋炀帝一起被杀。

据《旧唐书》记载，虞世南在书法艺术上享有的盛誉远高于他的文学成就，后世研究者所选取的研究内容多是他的书法艺术，他的五绝之臣的社会地位，或是以他生活的历史时期、历史人物为研究对象，而研究虞世南诗歌的专篇文章并不多。

一部宁波志，半部虞家史。历史上被誉为“文献名邦”的县城屈指可数，而虞氏家族所在的宁波慈溪便是其一。

一个长期贵重的豪门氏族，又是皇帝面前的红人，能文善武，既懂天文又晓地理的虞氏家族怎么就在唐中后期开始没落且自此消隐呢？

唐燮军认为，导致虞姓家族衰落的原因非常多：政治上选择失误；放弃文武兼修，选择重文轻武；家国大事不再上心，九品官人法的改革和消亡等，尤其是尚武精神的缺失，科举制的普及，让虞家再也无法缓过劲来，因此盛况不再。

“虞家影响力的降低，从两个故事就能比较出来。东晋时期会稽郡的太守想推行新政，就把虞喜以私藏人口的罪名给抓走了。虞家人四处奔走，直接将官司告到了京城。最后，在虞家人强大的干预下，虞喜无罪释放，会稽郡守无可奈何。后来，有个叫沈瑀的地方官来余姚任知县。这个沈瑀没当官之前在余姚做过些生意，还受过虞家的刁难，因此沈知县一来就颁布命令，申斥虞家安分守己，没事不要来衙门找门路，拉关系。对此，虞家只能忍气吞声。这两个故事一比较就能看出，虞家在当地的地位和影响力日益下坡。”

至今仍有许多与虞氏家族相关的古砖散落民间，或许它们就安静地躺在某个农家小院的围墙里，上面的文字虽历经百年却依旧生动。这些珍贵的文物一直都在等待，等待有缘人慧眼识宝、重见天日的那一天，然后再把江左豪门虞氏的故事娓娓告诉世人……

想提笔叙写虞世南好多年了，探究虞世南的旅程并非一帆风顺，历史上对他的记载少之又少，以致辗转几次一直都无法正式落笔，写写停停数载才完稿。写稿中，一直有两种情绪在交织缠绵中：惆怅与兴奋。惆怅的是，以己之力能否笔达深意，与伯施交融；兴奋的是终于能将多年所习得的儒释道借虞公尽数寄于笔下，以求觅得同气相求的知音。

终于在复杂的情感中尘埃落定，终结完稿，期间的艰辛难以言说，若不是家人的全力支持，恐难成稿。所以在这里我要特别感谢我的母亲史聪娣——将我领入儒释道和易经大门的第一位老师，感谢她对我的包容和鼓励；感谢一路上给予我自信和力量的企业家胡建平；感谢给予我写作灵感的付理真道长；感谢所有曾教导过我的老师们，因为他们，我的作品才得以面世。

一　蝉

垂緌饮清露，流响出疏桐。
居高声自远，非是藉秋风。

——《蝉》

盛夏江南，静谧的午后，凝视着齐白石大师的水墨蝉画，出神良久，我分明嗅到了禅的气息。

我知道，很多人都跟我一般，真正认识虞世南，都是从《蝉》——《唐诗三百首》的开篇诗开始的，人们大多知他是位诗人，但只要再深入了解一番，就知道他还是一位书法家。现在最流行的王羲之《兰亭序》的三种摹本，其中一版就是虞世南临摹的。或许作为书法家的名声远远盖过他的文学作为，以至于现在的人们不太知道他还有一个最为荣耀的身份——唐太宗的书法老师。我猜想大多数人不知道，虞世南书法影响深远，近水楼台的，首先是他的两个亲戚：一个叫陆柬之，是他的外甥；另一位就是陆柬之的儿子陆彦远的外甥——“草圣”张旭，他师从陆彦远，同时，张旭有个了不起的学生叫颜真卿。

古时文人墨客最大成就莫过于通过诗词留名于青史，或是顺利跨入仕途，十年寒窗就是为了博取功名，光宗耀祖。幸运的是，虞公厚德居位，即使怀着再寡淡的出离心，都掩盖不了他在文学史以及书法史上那耀眼的成就。

话说有一天早朝过后，唐太宗李世民起了雅兴，留下弘文馆学士们共赏御花园春日美景。

面对如画美景，李世民开口：“要国富民强，君主必须有自知之明，臣子必须拼死力谏，决不能做杨广、虞世基那样的亡国君臣。”众人急忙附和，只有虞世南默默不语。当着虞世南的面说这话，李世民也顿时感觉不妥，有些许尴尬，幸而旁边的杜如晦忙开解到："皇上言世南是世南，世基是世基，不可同一而语呢。"

"对，对，唯有杜爱卿深得朕意。"李世民点头赞许道。

"照这般说起来，杨广还是我长辈呢，朕只是就事论事罢了。"李世民摊摊手故作轻松状。

这下，虞世南的脸色缓和了一些。李世民立刻转移话题，向大家介绍了前晚自创的一首诗《元日》：

高轩暧春色，邃阁媚朝光。彤庭飞彩旆，翠幌曜明珰。恭己临四极，垂衣驭八荒。霜戟列丹陛，丝竹韵长廊。穆矣熏风茂，康哉帝道昌。继文遵后轨，循古鉴前王。草秀故春色，梅艳昔年妆。巨川思欲济，终以寄舟航。

李世民谦虚道："众位爱卿多提点意见。"褚亮首先站起来称赞："对仗工整，用典恰当。"李世民摆了摆手，笑着说："多说点不足嘛。"大家都不说话，见气氛有些冷场，李世民继续说："众位爱卿最近有什么新作吗？可在此一吟，供大家欣赏。"

说这话时，李世民的眼神一直盯着虞世南。虞世南岂会不懂，不急不慢地起身，向太宗施礼："去年秋季，臣做了一首《蝉》，在此献丑。"

"请。"太宗陡然起兴。

蝉

垂绥饮清露，流响出疏桐。
居高声自远，非是藉秋风。

"好！好！爱卿洁身自好，自然名声远播，乃我朝之大幸，群臣皆若世南，天下何忧不安，哈哈哈……"李世民发自内心地欣赏虞世南。

唐太宗对虞世基非常鄙视，但却非常喜爱其弟虞世南。虞世南与其兄的行事风格完全不同，世南为人低调，一心向学。小聪明的人在竞逐浮云，真智慧的人在深耕扎根，积善积德。古人讲的“慧极必伤”，言下之意就是说若生个太聪明的孩子不必太沾沾自喜，要是没管教好任他张扬，将来要吃大苦头，虞世基就是现成的例子。而明智如世南，他把自身的聪明天赋往大智慧上去修炼，天文地理、琴棋书画、阴阳五行，以及历代帝王成败的规律了然于胸，且能淡泊谦逊，整一个令唐太宗无比欣赏的治国安邦的全才奇才嘛。

唐初的士大夫们对虞世基的评价还算笔下留情，大概也是因为爱他的才学，但史学家笔下留情，也多少看了他弟弟虞世南的面子。

虞世南的哥哥虞世基，早年是隋炀帝宠信的亲信大臣，整日对隋炀帝揣摩迎合，后人评论他是隋朝大乱的一大祸首，最后被叛乱弑君的宇文化及所杀。

这对自小天赋异禀，被誉为神童的兄弟，结局却大不相同，史载虞世基的文学造诣亦不亚于其弟，只是乱世造化弄人，对错各归其心。

值得感慨的是，此亦是虞世南一生解不开的伤，失兄之痛，不亚于当年的丧父之痛。父亲早逝，他虽自小与叔父生活，但内心深处那份割不断的血脉亲情，早已浸入骨髓。长兄如父，父兄皆壮年逝去，大抵诗词中的那份悲凉和淡泊，或多或少都与它有千丝万缕的联系。

《蝉》这首诗意境合一，可谓佳作天成，既赞扬了蝉的高洁，又表达了自己清高的志向，回击了那些宵小的质疑。尤其是后两句“居高声自远，非是藉秋风”，一语双关，堪称神来之笔，直教人赞叹。读罢虞世南的咏蝉诗，唇齿间别有一番清新爽快来。《蝉》是虞世南的一首咏物诗，咏物中尤多寄托，具有浓郁的象征性。句句写的是蝉的形体、习性和声音，而又句句暗示着诗人高洁清远的品行志趣，物我互释，咏物的深层意义是咏志。古人认为蝉靠餐风饮露为生，故把蝉视为高洁的象征，咏之颂之。晋郭璞赞蝉：“虫之精洁，可贵惟蝉。潜蜕弃秽，饮露恒鲜。万物皆化，人胡不然。”诗人把握住蝉的某些别有意味的具体特征，从中找出艺术上的契合点。"缕"是古代官帽打结下垂的带子，也指蝉的下巴上与帽带相似的细嘴。蝉用细嘴吮吸清露，由于语义双关，暗示着冠缨高官要戒绝腐败，追求清廉。蝉居住在挺拔疏朗的梧桐上，与那些在腐草烂泥中打滚的虫类自然不同，因此它的声音能够流利响亮。诗的最后评点道，这完全是由于蝉能够居高声自远，而不是由于凭借秋风一类外力所致。这些诗句的弦外之音，恰如明示做官做人应该立身高处，德行高洁，才能说话响亮，声名远播。

蝉对于追求功名的士人来说，是清贵的象征。陆云就曾称颂过它的"五德"，它从不怀有害人之志。这种居高声远完全来自人格美的力量，绝非依凭见风使舵，或者什么权势、关系和捧场所能得到的。实际上，咏蝉包含着虞世南的夫子自道。他作为唐贞观年间凌烟阁的二十四功臣之一，名声在于博学多能，高洁耿介，与唐太宗谈论历代帝王为政得失，能够直言善谏，为贞观之治作出独特贡献。为此，唐太宗称他有"五绝"（德行、忠直、博学、文词、书翰），并赞叹："群臣皆如虞世南，天下何忧不治!"

因为高洁，所以孤冷，人的各种羁旅沉浮恰如蝉的生命到了另一个阶段，因而引发共鸣。

蝉是中国古典诗歌中常见的审美形象，在《诗经》里，不同的地域，蝉就有着不同的名称。《诗经·豳风·七月》："四月秀葽，五月鸣蜩。"《诗经·小雅·小弁》："菀彼柳斯，鸣蜩嘒嘒。"这里的蝉就称蜩。《诗经·大雅·荡》："如蜩如螗，如沸如羹。"这里的蝉也称螗。《诗经·卫风·硕人》："螓首蛾眉，巧笑倩兮，美目盼兮。"这里的蝉就称螓。南北朝诗人往往以蝉来寄托自己的理想，或者以蝉来比喻自己的坎坷身世。

诗人笔下的人格化的"蝉"，可能带有自况的意味吧。沈德潜说："咏蝉者每咏其声，此独尊其品格。"这确是一语破的之论。

清施补华《岘佣说诗》云："三百篇比兴为多，唐人犹得此意。同一咏蝉，虞世南'居高声自远，非是藉秋风'，是清华人语；骆宾王'露重飞难进，风多响易沉'，是患难人语；李商隐'本以高难饱，徒劳恨费声'，是牢骚人语。比兴不同如此。”这三首诗都是唐代托咏蝉以寄意的名作，由于作者地位、遭际、气质的不同，虽同样工于比兴寄托，却呈现出殊异的面貌，构成富有个性特征的艺术形象，成为唐代文坛“咏蝉”诗的三绝。

蝉亦禅也，虞公与禅，又有着剪不断的千丝万缕之关系。从他不是以鲲鹏鹰虎，而是以一只不甚起眼的蝉来自况，一来可见其老成谨慎，有自知之明；二来与他天赋异禀的寡淡气质，生就一颗出尘心相得益彰。或许冥冥之中自有他与禅的渊源所在，融禅于意境之中，即便身在红尘，却心禅合一，任世事变幻莫测，他自如如不动。亦如蝉，身虽卑微，盖莫怀鸿鹄之志，世人皆不知晓其志，悠然其乐，自是保得周全。

“蝉”，意即“知了”，知行明止，了却烦恼。“蝉”是一种认识，自度法师语：知来去即明幸福快乐，了舍得方成究竟永恒。

论及虞公的禅学修为来，不得不提及他的明师智永大和尚。何为明师，明师是超越生死界的以正法对机度人的过来人，修行需要的是明师，而不是名师。是明白的“明”，而不是名利的“名”。庆幸的是，虞公遇到了，且虞世南是智永唯一的弟子。智永待他，真正如师如父，不仅毫无保留传他毕生绝学，更是一位将他的精神世界升华到顶峰的良师。

历史上记载，智永和尚（生卒不详），南朝人，本名王法极，字智永，会稽山阴（今浙江绍兴）人，书圣王羲之七世孙，第五子王徽之后代，号“永禅师”。智永善书，书有家法。常居永欣寺书阁，临池学书。初从萧子云学书法，后以先祖王羲之为宗，在永欣寺书阁上潜心研习了三十年。智永妙传家法，精力过人，隋唐间工书者鲜不临学。年百岁乃终。

智永对后世书法影响深远。他的祖先王羲之所创立的“永字八法”为后代楷书立下典范。他曾书写《真草千字文》八百多份，广为分发，几乎被视为教科书，其影响远及日本。即使现在，依然是书法学习的经典教材。

正如修禅一般，书法中的“入定”和禅宗的“入定”既相同又有区别。相同处在于，双方都通过静虑的方法，守其一“定点”，产生顿悟，而发出智慧的光芒；不同的是，佛家的“入定”是为了排除妄念而正心；而书法家的“入定”，则是为了高度集中思想，凭借对现实世界、人情物理的形象思维，产生顿悟，使书法创作活动达到入妙境地。书法的极致境界乃是“若风画空，无有能所”，此时笔如“风”，纸如“空”，心无“能所”，毫无滞得，在智永禅师看来，书法和佛法是何其相似！

且说虞公在书法上的成就，除了自身的天资及勤勉刻苦外，与智永法师的一脉传承息息相关。智永其书每笔都出于王羲之的笔意，世南从学之，妙得其体，遂成名家。

以诗而言，禅又是中国古代诗歌“美”的内涵和尺度。“禅是诗家裁玉刀”，中国古诗词的发展，就是从不自觉到自觉地浸润在禅的氤氲中的过程。对于禅，禅师们是由内及外，而文人们则是由外及内，往往处于仰慕和追求的状态中，有的在禅内逍遥自在，有的在禅外观望徘徊，有的则孜孜不倦地企望破门而入……

六祖大师在《坛经》中说：“若欲修行，在家亦得，不由在寺。”这就给了在家修行的文人们极大的鼓励。而世南的诗词，表其无意，而内涵深远，非一般明心者所能解读，他的诗词中，悄无声息的融禅于意象中，世间万物了然于胸，悟得天地真自在，举一反三，触类旁通，顺手拈来，正所谓“佛祖拈花，迦叶微笑”。

“夙世谬词客，前身应画师。”禅根弥足深，自是前世因。或许，虞公前世与佛门渊源深厚，要不怎会有临终前的舍宅为寺?!

天地循环，周而复始，上天是慈悲的，他若为你关上一扇门，肯定会不经意间在某处给你开一扇窗。虞世南在他治学生涯中，不断有名师指引，且都倾囊相授，他的文章能有如此造诣除了自身天赋外，正是得益于一位明师——顾野王。

顾野王（519—581），原名顾体伦，字希冯，吴郡吴县（今江苏苏州）人。南朝梁陈间官员、文字训诂学家、史学家、儒学家。因仰慕西汉冯野王，更名为顾野王。梁武帝大同四年（538）任太学博士，后又任陈国子博士、黄门侍郎、光禄大夫等职，博通经史，擅长丹青，著有《玉篇》。陈太建十三年（581）卒，诏赠秘书监、右卫将军。

顾野王出身吴地名门望族，是名副其实的江南大才子。祖父是顾子乔，南梁东中郎武陵王府参军事。父亲顾烜，信威临贺王记室兼本郡五官掾。据载顾野王从小聪明颖异，九岁曾写成《日赋》，文采可观，领军朱异见了大为惊奇；十二岁随父去建安（今福建建瓯），撰成《建安地记》两篇。顾野王博学宏才，天文地理、蓍龟占候、虫篆奇字，无所不通。

幸而虞世南以弱冠之年从业于明师顾野王十年之长，习得师父一生真才学，为他将来的大展宏图打下坚实的基础。“青出于蓝而胜于蓝”，虞世南作的诗篇又得到当时著名文学家徐陵的赏识。徐陵倾心惜才，召其为入门弟子，数年相教。徐陵也认为虞世南的文采造诣完全得到了自己的真髓，且有过之而无不及。

或许虞世南身上的淡泊沉静之色，除了源于他幼年过继叔父的经历外，最为潜移默化的可数这三位名师，倒也不是刻意引导，虞世南治学期间与他们朝夕相处，本就生着无比崇敬之心，师出同门，性亦同身。

倪宗正在《小野集》序称：“吾姚文章之统，代不乏人，隋唐之上，归之虞氏。”可谓一语中的。

伯施，我一直都怀揣着如兰之心试图走进你的精神世界，不知在瑟瑟清秋的夜里，当你泼墨挥毫，写下《蝉》诗时，是否能听到“居高声自远”的微弱呐喊，是的，我一直都懂得，你就像那摆渡人，虽历经三朝，彼岸的灯火依然，此岸的君心依旧，“非是藉秋风”。

二 咏萤

的历流光小，飘飖弱翅轻。

恐畏无人识，独自暗中明。

——《咏萤》

还记得孩童时夏季的那个夜晚，晚饭后与母亲一起去外婆家，经过一片稻田，那还是我第一次见到萤火虫，惊喜得我驻足紧盯，流连忘返，母亲借此景教我背诵的就是虞世南的《咏萤》，形象生动的情物相连，竟使我一下子就记住这首诗，虽不知其深意，却一直萦绕于心。

这小小的夏夜精灵，虽微不足道，只因在夏夜里能发出荧光，星光中一闪一点，暗丛处隐隐透亮，却赢得古往今来几多文人名士争相赋诗。既有杜甫的“幸因腐草出，敢近太阳飞。未足临书卷，时能点客衣。随风隔幔小，带雨傍林微。十月清霜重，飘零何处归”，又有罗隐的“空庭夜未央，点点度西墙。抱影何微细，乘时忽发扬。不思因腐草，便拟倚孤光。若道能通照，车公业肯长”，更有李太白的“几日相别离，门前生穞葵。寒蝉聒梧桐，日夕长鸣悲。白露湿萤火，清霜凌兔丝。空掩紫罗袂，长啼无尽时”。

照亮千年古风的萤火虫，闪着淡蓝色光的小虫们，有人说，你们的幽光有着直射心底的蓝色诱惑，无法抵达幽境的岂止是我，诗仙们或抑或扬，或悲或喜，或抒或叹，无不浸润着吟者的款款深情。

陈朝灭亡后，虞世南与虞世基一起到隋朝京师长安，兄弟二人名重一时。都言隋炀帝荒诞误国，岂知还是晋王时的杨广却是一位怀有雄才伟略的政治家。杨广惜才更爱才，常“以师友处之”之名召集各地久负盛名的才子组成智囊团。

隋书记载，虞世基幼恬静，喜愠不形于色，博学有高才，兼善草隶，气貌沈审，精通仕宦之道，有权臣手腕。

在人生的赛场上，虞世南以勤勉取胜，而虞世基足以智巧夺冠。于出世心，我更倾向于伯施，而在入世，我会欣赏虞世基。虽是一母同胞所生，但兄弟俩的人生信条相差甚远。可想而知，若非智商与情商的双重合璧，虞世基也难以混到内史侍郎一职。

武死战，文死谏。忠臣死谏除了给后人树一个道德的标杆，其实毫无实际意义，特别是用在杨广身上。于是乎，痛苦斗争抉择下的虞世基选择了另一条路，这或许不是他的本意。从来伴君如伴虎，在那个风雨飘摇的时世里，虞世基之所以“唯诺取容”，不过是要在名利场中出人头地而不得不学会的识时务。

话说隋炀帝当政后期，刚愎自用，不纳谏言。虞世基善于迎合隋炀帝的心意，逢迎拍马，仕途一路高升，直至官居内史侍郎，专典机密，即以中书侍郎衔行宰相职务。他生活豪奢，类于王侯，其妻子翠绕珠围，锦服玉食。

不识时务者，莫如虞世南，他则耻于隋炀帝之为政，常不畏惧王威屡屡谏言，以至于才学不亚于兄长却不得君心，仅为起居舍人这样的小官，生活极其清贫。虽政治理念大相径庭，兄弟二人却始终住在一起，十分友爱。

我思度着，在政治道路上艰难抉择的那个夜晚，兄弟俩促膝长谈，不管世事如何变迁，他们永远不会忘记父亲、叔父以及尊师的教诲，更不会忘记曾经“贫无产业，每佣书养亲，怏怏不平”的日子，一个颇识时务，一个清贫独立。同屋不同志，以虞世南的雅量，足以理解，况且长兄如父，他又能如何？

漫漫夏夜，悲寂无眠一直伴随着他，想起兄长坚毅的表情和无奈的嗟叹，虞公怎能不悲伤？理想和现实，永远差之毫厘却谬以千里，人皆有名利之心，但每个人如何对待它却不尽相同。唯有诗词聊以自慰：

的历流光小，飘飖弱翅轻。
恐畏无人识，独自暗中明。

虞世南借萤火，袒露自己的心迹，萤火虫“光小、翅轻”微不足道，“恐畏无人识”，这是萤火虫的心理，更是诗人的心地表白，最后“独自暗中明”，即使无所凭依，我依然会独自绽放，就像不一样的焰火。

虞世南作为前朝旧臣，这样的身份注定其在为人处世方面，不能表现激进，但内心深处又恐过分低调，会导致无人赏识自己的才华。再是丰盛自信的灵魂，都会被时间的暗夜所熬干。这种恍惚不安的担忧与焦虑，让虞公生出些许落寞来，但更多的是期盼和对抱负的执着。作为正直、有为，又饱受儒学佛学思想浸润的虞公，要处理政事、思考现实、考虑方略，不可能“饱食终日，无所用心”，他的人生价值观和政治理想，自然会在其作品中有所体现，《咏萤》虽不能让我们看到“全豹”，但毕竟能窥到作者内心的“一斑”。

蓦然想到孟浩然的一首诗来：

八月湖水平，涵虚混太清。气蒸云梦泽，波撼岳阳城。
欲济无舟楫，端居耻圣明。坐观垂钓者，徒有羡鱼情。

人说大悲无泪，而欲济无舟楫的大憾也该是无泪的。

比起孟浩然来，虞世南实属幸运，他终于等到他的明君李世民，历经四朝年近花甲的虞世南终于结束了他颠沛流离的上半生。等待是最长情的告白，抱负同样也需要等待和被等待，中国人尤其讲究天时、地利、人和，三者缺一不可。

三　春夜

春苑月裴回，竹堂侵夜开。
惊鸟排林度，风花隔水来。

——《春夜》

江南的春夜，有着湿润的暧昧，月光下的一切，都是弥漫开来的轮廓，沾着露水的青石板上承载着多少如烟往事。不经意间步入屋后的翠竹林，恰巧与明月对望，清寒却又深情，温柔的余光抚慰着诗人落寞的愁心。看来是沉醉了，借着酒意清唱一曲，不知是惊扰了花间栖息的宿鸟，还是鸟儿也似乎看穿这番心意，携着一缕花香，隔着春水缓缓飞走，淋湿的是一阕无从寄处的伤词。

古人说，伤春悲秋，伤春是在所难免的，就像裹了一冬的寒衣，卸下来总归要带点寒意的清冷和敏感，岁月易逝，而不是真正的伤。

贞观七年（633），虞世南因多次谏言规劝唐太宗为政得失有功，皇帝欣慰之余，将他从秘书少监转为秘书监（从三品），并赐永兴县作为封地。

永兴县本就是富庶之地，皇帝明为封赏，意在替虞公思量，已临古稀之年的忠臣，生性寡淡到从不邀功，每每遇唐太宗封赏，他都默不作声，李世民眼看虞公已满头银发，作揖跪拜的身姿都大不如从前，记挂着，是时候让这位文臣歇歇了，此刻皇帝心中纵有再多的不舍，亦是要放手的。

此次唐太宗赐爵永兴县公的另一番美意，在于成全为人父的一片思女之心。君臣二人，同是为人父，同是老年得女，同有娇女在侧，岂有不倍加怜爱之心？即使君臣身份悬殊，那份父爱幼女的挚情依然是相通的。

叹往昔，虞公的三位夫人都相继先世，独留虞公形影清寂。老来最怕孤独伴，唐太宗虽多次有意赏赐佳人于他，却都被虞公坚决婉拒，不是虞世南寡情，而是太过于专情，执着沉溺在往事的深情中，他要把余下的情爱转换为一片深厚的亲情付之于女儿。

因为懂得，所以成全。幸在互为知己的李世民和虞世南心意相通，他为他安排与女儿团聚，将他的女婿萧鉴调职往永兴，实现他最后一程安心的归宿。

回首是一曲无言的欢歌，那年的春夜，那夜的白月，那晚的春风，吹拂来的是女儿呱呱坠地的喜悦和慰藉。

虞公飘零半生，仕途和情事都几多波折，虽有长子昶儿承欢膝下，但毕竟无法代替琴瑟合鸣的情感愉悦。再是铜墙铁壁的心肠下，都会怀有对纯真爱情的憧憬。虞公内敛深沉外表下，藏着的是一颗入骨相思心。

这颗相思豆，曾在女儿秀姚生母林菡萏身上生根发芽。

菡萏，你曾说，前世，你必是我亲手栽下的那株莲，别的莲都开了，只有你，为了等我，直到枯萎，也没能把你清丽的容颜展现在世人面前。

你可知，我还未来得及告诉你，我亦曾跪在佛前乞求，就是为了历经百转千回，在每一次轮回中，找到你！

铺成纸笔，情字里写满你，花开十里，翩翩为你；弹拨琴曲，如同身后站着你；用这一生一世一期一会的相遇，换有你在身边的一幕朝夕；就这亦苦亦甜亦梦亦幻的缘起，为和你在屋檐下，听一场雨。

依然是那个春夜，经历丧妻之痛良久的虞公，下朝后独自散步归家，徐徐游荡，竟不觉走到了华灯初上。长安的春夜，带着北方特有的粗犷，连隔着花香的清风都被熏染了彻骨的思念。

幼年丧父，青年亡母，中年失妻，那份锥心之痛永远是无法弥补的。辗转半生，飘零无定，想来都源于那份无法忘却的回忆。正如当夜，街上游人如织，而虞公冰冷的心却如天地间唯剩一人，一切喧哗与他无关。

他所在乎的，执着的，都会无情地离去。一个人的坚持，犹如独自行走在荒芜的沙漠，前无来者，后无依恋，只剩茫茫然一片黄尘，淹没或呐喊，都无人问津，那才叫真正的空！

睹景忆人，虞公倚在梨花树下，似有晶莹的花瓣落入眉间，一片一片，落得那么认真，沾满了断肠泪。

愁心四溢的春夜里，偶然飘忽来阵阵若有若无的琴声，那韵律，仿佛就是昨夜的心曲。这世间，哪会有人弹奏此曲？虞公近日来新谱的曲，虽操弄演奏过，但有一音符始终无法摆弄准确，几次因高音拨断了弦，而今竟有人能把它弹得如此悦心。

寻着琴声，踏着月色，虞公来到城外西郊。袅袅妙音近在此处回旋，却不见弹琴之人，正要败兴归去时，回身惊喜瞥见如兰亭内端坐着一位妙龄女子，广袖撩琴，轻拨慢挑，念却滑音缥缈。

疑惑与期待，牵引着虞公继续走近，虽觉稍有不妥，心却如箭抵达。

一袭紫衫，即使蒙着面纱，虞公都能意会到此女子清秀眉目下的出尘脱俗来。

春夜，白月光，亭内，清风拂，无意吹开来小娘子面纱的一角，眉目下的惊艳一如菡萏香销，吹散了虞公多年的愁思和孤寂，两颗闲心隔着琴音澎湃动荡。

音不解尘，却可入心。而后余生，虞公愿意，守着菡萏这朵解语花，把岁月的真经，用青丝弹起梵音，落音为锁，锁住一世的痴。

“妆罢低声问夫婿，画眉深浅入时无”的浓情交织下，是虞公不愿回望的“人间别久不成悲，两处沉吟各自知”。

肥水东流无尽期，当初不合种相思。梦中未比丹青见，暗里忽惊山鸟啼。

菡萏患病离开的那个深夜，虞公一生难忘，望着在自己怀里微笑着咽气的挚爱知音，虞公仿佛被抽干了一般，跟着逝去的包括他所有的爱恨、抱负、信仰，万念俱灰，若不是还有女儿秀姚，此刻的虞公必有跟随之心！

他把为菡萏写的诗，画的像，都一焚而尽。最深的、最不能言说的情，都会藏在眼底，跃在心头，并不需要刻意留念，念早已嵌入血骨。

菡萏离开虞公十年后的那个春夜，同样的风景，却是不一样的心情。恩爱守望的十五年间，她留给虞世南最美好的礼物就是他们的女儿秀姚，那个眉目像极了菡萏的天真烂漫的小娇儿，继承了母亲同等出色的才貌和琴技。每每望着女儿稚气的脸颊，虞公都会溢出思念和宽慰来。

"父亲，父亲，院子里的花都开了，我备了些自酿的青梅酒和小点心，您出来尝尝吧"，女儿秀姚柔声叫唤着。聪慧如她，岂能不知父亲每日呆在书房，不是练字就是独自咀嚼思念的苦楚。来这永兴县，一是承蒙圣旨，二是为了陪伴父亲，走出长安伤心地，暂且搁下那份思念。

为了不拂女儿的一片孝心，虞公重拾心绪，来到庭院中。虽至春天，夜风吹来，稍许有些凉意，秀姚早已在身后贴心的为父亲披上外衣，"父亲，喝杯酒暖暖身吧，听说今年的梅子特甜，青酒口感应该不差。"秀姚正说完就斟上酒端给虞公。身在这华丽宽敞的庭院内，耳旁传来那首再熟悉不过的"菡萏曲"，原来是秀姚在亭子内弹奏。同一首曲子，不同的弹奏者，不同的场地心情，所呈现的是决然不同的效果。

春苑月裴回，竹堂侵夜开。
惊鸟排林度，风花隔水来。

当虞公吟下这首诗时，他所隐喻的风烟情怀，即使旁人无从知晓，不着一情字，却写尽思量！

尼采谓："一切文学，余爱以血书者。"

这一首，这一段，是虞世南的血书吗？在我看来，不可否认！非至情，无以抵达至深至妙！

虞世南虽然不是最伟大的诗人，但是他的作品具有一种不可否认的艺术魅力。这首诗中最精妙之处在于它的"风花隔水来"，他能够将各种陈旧的要素组织起来，产生新的效果，这种能力是其他宫廷诗人所缺乏的。在宫廷诗受限制的美学范围，这可能是最值得赞赏的形式了。

有一种美，唤作春天的林苑，月自天穹缓缓移动，而竹林掩映下的厅堂在夜色中打开了。喧闹声惊起林间宿鸟，掠过林子穿飞而去，花香则隔着春水远远地送将过来，宛如一幅春夜图，有明月、飞鸟、轻风、流水、花香，烘托出春夜景色迷人。见字如画，不舍移目。

诗贵意境，一首诗具有美的形式、美的语言、美的韵律是不够的，如果意象枯涩，意境平庸，那么这些美的东西不过是破碎的残片。

诗词自有不可言说的意境，一翻译便失去它本来的面目，倒也不是清绝高冷。诗者，适时适地适心，乃浑然天成一气呵成之感，若强行肢解，原味便散落一地。诗如禅，禅亦诗，不可说不可说……

读诗词，最好是不相见，相见便会生恋，最好不相知，便可不相思。一如虞公的诗词，当从唇齿间轻启，会掠过一丝惆怅和眷恋，无需反复记忆，它已深深镌刻在你的脑海里。

四　相合歌辞·门有车马客

财雄重交结，戚里擅豪华。曲台临上路，高轩抵狭斜。
赭汗千金马，绣轴五香车。白鹤随飞盖，朱鹭入鸣笳。
夏莲开剑水，春桃发绶花。高谈辨飞兔，摛藻握灵蛇。
逢恩出毛羽，失路委泥沙。暧暧风烟晚，路长归骑远。
日斜青琐第，尘飞金谷苑。
危弦促柱奏巴渝，遗簪堕珥解罗襦。
如何守直道，翻使谷名愚。

——《相和歌辞·门有车马客》

千年一叹，寂静流年，谁在华丽笙歌。当以越窑青瓷"瓯乐"为主要表演手段的大型瓯乐音画《上林瓷风》呈现在眼前时，一声入耳，万事离心。清和淡雅，观音自在。伴着清脆的钟磬之声，金石之音，似有一根思想的长蒿伴着三孔埙，撑起了一片清雅而苍茫的天空。历史在沧桑地回转，演绎着风云变幻后的惊艳，像睁开了一个灵魂的眼眸，清凉的眸子映照着历史的沉重，素淡如水的文字把我的身心停泊在宁静的上林湖畔。

越窑，也称"秘色窑"（秘色窑：即唐代六大青瓷产地之一的浙江慈溪上林湖越窑）。唐代瓷业以南方越窑青瓷和北方邢窑白瓷享誉天下，世称"南青北白"。唐代以上林湖为中心的越窑瓷业，窑场林立，规模宏大，专门烧造供皇家使用的瓷器。

只有懂得了青瓷，你才能真正走进国人心中最绚丽的大唐长安篇章。

大唐长安和上林湖，以及上林湖畔的虞氏故居有着千丝万缕扯不断的宿缘。

生作长安草，胜为边地花。唐朝人之向往长安、留恋长安，犹如今人之向往北京，留恋北京。

那么，中国古代贵族的生活又会是何般光景？答案真会让人惊叹，就从虞世南的《门有车马客》来说说大唐贵族的富奢生活。

偌大的长安城内，富商贵贾中财力雄厚者总是相互簇拥在一起，建立亲密关系，所谓人以群分。贵宾们焚香熏衣，精致装扮一番，欣然赴宴。当然，虞公也常在应邀之列。

这天，在廷尉府内举办的正是一场文人聚会，赴宴的宾客各个文采斐然，大家慷慨赋诗，且有歌姬助兴，更添雅趣。外戚的府邸自是华丽奢靡，一派富贵之象。达官贵人住所的道路毗邻街口，交通方便。门外停满了价值千金的汗血宝马，载着绘饰华美如绣的用五香木制成的车毂，高大的车盖犹如天子所乘之车，朱鹭鸣笳，华贵异常。

宴会主人尤为豪爽好客，为了防止某些宾客因不尽兴而逃席，他令仆人关上大门，并将来宾的车辖投入井中，这般安排下，才放心喝酒狂欢。

朱红色的大门内，犹如天上人间，青莲盛开，池水涓涓，艳丽的歌姬随着轻快的音乐妖娆起舞，士大夫们举杯对酒当歌，畅怀阔论。曾经的失意不得志都沉醉在靡靡酒色中。

狂欢已近傍晚，夕阳照向刻镂成青色连环花纹格的窗户，焚香的气味弥漫在整个贵如石崇的金谷园内。

眼看暮色已至，车夫已在外面等候多时，五香车上不时飘来淡雅的沉香味。车夫即将载着歌姬们离开，显然歌姬们也已喝得大醉，弃簪丢环，还不忘嬉笑撒欢。

虞公一向对此奢靡喧哗的聚会不感兴趣，碍于好友的情面才来赴宴。目睹着士大夫们的醉酒窘样，虞公内心生出诸多感慨来。他想着早点离场告辞，却寻不得将他送来的车夫。既来之则安之吧，那就继续击缶赋诗。

这就是长安贵族外戚奢华的一天。

滚滚红尘，繁华如梦。一道院门，将这红尘隔断。然而，它隔断的不只是风景，还有守在风景内外的人。

门内，门外，早已是两个世界。

大唐的门内，豪门贵族争竞豪奢、追逐享乐，一丈门外，王公贵族的车驾纵横在贵族家外，络绎不绝。香车宝马从早到晚穿行于长安；亦不乏有“朱门酒肉臭，路有冻死骨”的凄惨市井百姓。

美国著名的汉学家费正清在《中国：传统与变革》中写道：“作为横跨中亚陆上商路的东端终点，以及有史以来最大帝国的都城，长安城挤满了来自亚洲各地的人。”这些外国人来到唐朝都城，不仅带来了丰富多样的文化、宗教，也带来了经济上的发展和商贸的盛行。

在这座大城市中，交易的货物有奇珍异品以及各方特产，也有普通日用品，经营者有世俗人，也有出家在外的僧人，更有远方而来的胡商。商业的经营已经不限于东西两市，而是冲破政府的规定，从商业区发展到了市民居住的里坊。

当时长安人出行时的香车宝马往往用来自域外的珠宝和香料美化装饰。其中香车玉舆、宝马是达官贵族的交通工具，也是其身份的象征。

说起诗中提及的香料，就不得不谈谈它在唐人生活中的重要作用。在朝廷举行的各种仪式中，在庙宇寺观的各类活动中，在人们日常生活的很多方面，都离不开焚香和香料。

唐朝贵族官僚对香料或香材的使用可以称得上是奢侈无度。据称唐朝皇帝“宫中每欲行幸，即先以龙脑、郁金藉地”，直到唐宣宗时，才取消了这种常规。宁王每与人谈话，先将沉香、麝香嚼在口中，“方启口发谈，香气喷于席上”。

流风所及，在唐朝社会中无论男女，都讲求名香薰衣，香汤沐浴，以至柳仲郢“衣不薰香”，竟被作为“以礼法自持”的证据，使用香料风气的兴盛着实可知。

在虞公的车马客中，众生看到的是喧闹富贵，繁华奢靡，醉生梦死，不知为何，我所看到的却是不忍言说的落寞和如日斜般的迷茫暗淡。

尘世三千尽繁华，可繁华过后，有谁懂得品味寂寞之美？

曾有哲人评论说，孤独的高阶是繁华，纵然看似繁华的背后，整个唐朝都是孤独的，这种孤独不是外在的表象，而是繁华落尽空虚无望的内在孤独感。因为唐朝的气质，不光是传统农业社会的气质，更有胡人和西域的底色，且人人在追求建功立业和奔放自由，这是残阳和驼队的美学，就像宗白华先生说的：“在汉唐的诗歌里，都有一种悲壮的胡笳意味和出塞从军的壮志。”

李白有一种孤独，王维也有一种孤独，虞世南更是孤独感伴随终身。

李白的孤独，是一种自带豪放的孤独，是洒脱，是远行，像他这样的人，是天生不能留住的。出蜀也好，游梁也好，登匡庐也好；上书也好，献赋也好，得意，喧闹，然后回归本性，依旧孤独。

王维的孤独，是那份“诗中有画，画中有诗”的信仰和出世，是一种“独坐幽篁里，弹琴复长啸”的归隐和空寂。

而虞世南的孤独，确如谜一样的沉寂，世人皆不懂，唯有醉书法。在他的书法作品中，你才能稍稍领悟到他灿烂背后斑驳的泪痕。

站在诗外，站在朱门外，虞公的孤独和无奈，是对现实繁华的无尽担忧，是对大唐江山的深谋远虑。这一切，化作他对李世民忠言逆耳的一再谏言。

纵观历史，他辅佐帝王所实现的贞观盛世只是短暂的繁华。真所谓“出师未捷身先死，长使英雄泪满襟”。

这首诗的言外之音，另有一番伤痛在里头。那是对兄长虞世基深深的怀念，那份血浓于水的亲情永远抹不去。

时世基佞敏得君，日贵盛，妻妾被服拟王者，而世南躬贫约，一不改。”（《新唐书·虞世南传》）

“宇文化及已弑帝，间杀世基，而世南抱持号诉，请代不能得，自是哀毁骨立。”这件事发生在公元 618 年，时虞世南六十一岁。从此后虞世南更削瘦了，我猜想之后他书法的线条纤细当与此脱不开关系。

彼时，车马客内的虞公，正端着青瓷羽觞，揣着伤感，在斑驳的记忆中，独自回味。儿时上林湖畔的那片片翠青如觞的秘色瓷，在他心中，被永久封存。

五　凌晨早朝

万瓦宵光曙，重檐夕雾收。
玉花停夜烛，金壶送晓筹。
日晖青琐殿，霞生结绮楼。
重门应启路，通籍引王侯。

——《凌晨早朝》

春日，在香甜的睡梦中被母亲叫醒，睡眼朦胧的我努力睁开双眼，一看才五点整，母亲已经不耐烦地在我耳边重复着清明祭祖活动，脑海忽然蹦出虞公的《凌晨早朝》来：

万瓦宵光曙，重檐夕雾收。
玉花停夜烛，金壶送晓筹。
日晖青琐殿，霞生结绮楼。
重门应启路，通籍引王侯。

此篇为叙事诗，将凌晨景象和早朝前气氛渲染得十分到位。

晨曦熹微，曙光绚烂在天边的赤霞，那一抹殷红，令人过目不忘。晨光浓雾，洗礼天边那一抹火光，光影里舞着长安城楼上的玉雕金瓦，只待得灯花湮灭，饰金的漏壶送走昨夜的星辰。又是一夜未眠，辗转间又到了该起早上朝的时间。一眼瞥去，余辉锁着寂静的翠微殿，结绮殿的金碧辉煌在红霞返照下越加令人遐想。仙境般的紫色宫殿肃穆庄严，早钟鸣报，香烟袅袅，仪仗拥立，迎接着络绎不绝前来签到上朝的王公重臣们。

“早朝”在中华文化中沿袭了千年之久，后来形成制度，其来源于

《周易·说卦传》中的“圣人南面而听天下，向明而治”，朝拜圣人皇者，意在朝拜冉冉升起的太阳，臣子们必须在日出前，怀着对王者的崇敬之仪，亦如对天地万物的敬畏之心，等候在大殿内。我国的早朝制度从夏朝就开始了。君主亲自听政，定期视朝，讲究与臣下一道勤政不怠，夙兴夜寐。

那么，群臣们究竟是几点出发，准备上“早朝”的呢？据唐《明皇杂录》记载：“五鼓初起，列火满门，将欲趋朝，轩盖如市。”五鼓，相当于五更，指凌晨3至5点。钟声一响，散居在长安各处的各品级官员便起床更衣，仆人准备轿马，赶往皇宫。不管是贵为宰相的门下省最高长官，还是有资格参加早朝的其他官员，都要闻鼓而起，参加早朝，和皇帝一起议政。

就像虞世南，虽不至于如一般品阶的官员起个大早，但因从小养成早起晨读练字的好习惯，每天雷打不动的寅时早起，在长安街步行一公里进入朱雀门，总是第一位签到等候，而后手捧卷宗旁若无人般沉浸于书海。

车马载道，冠盖京华，这样的景象，成为今天我们管窥唐代“早朝”制度背后，百官和市井生态的最好窗口。纵观当年的全长安城，全城约有108个街坊，品级最低的九品官员或收入不高的低级官员，或许只能住在离禁苑最远的安德坊或通济坊，他们从启夏门出发，穿越9个街坊才能进入朱雀门。因此，他们或许于凌晨三四点就必须起床，否则会因迟到而被处罚甚至丢乌纱帽。还有一些年轻的低品级官员，根本无财力购置私宅，因此，在官署以值班的名义，有一个住处，也不失为一种权宜之计。

霜严月苦、寒灯夜半，赶赴早朝，何如闲居时“暖被日高眠”安逸舒适？这个境况特别像我们今天很多早起上班族：不想早起，又不得不早起！

五鼓初起，将欲趋朝，我们通过唐诗来观察唐朝早期的“常参制”，其最大的现实意义或许在于让今天的为政者，学习其上下一体的勤政之风。据史料记载，唐太宗为了清楚地了解各地的情况，曾把各县的名称缝在屏风上，自己在治国理政时就能随时看到，以加深自己对各地情况的掌握，针对各地不同情况随时采取不同的措施，这些勤政之举都被载入史册。

虞公虽知自己有幸跟随明君，且君王有励精图治之雄心壮志。但刚编撰完《帝王略论》的虞公，深晓历代帝王得失之道，更忧心李世民也会有帝王的自满和懈怠之心，天长日久，会荒怠早制。

虞公正是因为对这种现象的忧虑，所以才有了通灵感物，贤哲劝学的《劝学篇》：

> 自古贤哲，勤乎学而立其名。若不学，即没世而无闻矣。且会稽之竹箭，湛卢之断割，不括而羽之，不淬而砺之，终不见利用之材耳。羲之云："耽玩之功，积如邱山。"张芝学书，池水尽墨。当其雅趣，求彼真意，无图其形容，而滞于体质。此贵乎志意专精，必有诚应也。余中宵之间，遂梦吞笔，既觉之后，若在胸臆。又因假寐，见张芝指一道字用笔体法，斯源也。足明至诚感神，信有征矣。故羲之于山阴写《黄庭经》，感三台神降。其子献之于会稽山，见一异人披云而下，左手持纸，右手持笔，以遗献之。献之受而问之曰："君何姓字？复何游处？笔法奚施？"答曰："吾象外为宅，不变为姓，常定为字，其笔迹岂殊吾体耶？"献之佩服斯言，退而临写，向逾三岁，竟昧其微。况乃不学乎？羲之云："自非通灵感物，不可与谈斯道。"夫道者，学以致之。饱食终日，而无所用心，则去之逾远矣。不得其门而入，虽勤苦而难成矣。今立以君臣之体，类以攻战之势，将以近而喻远，必因筌而得兔。务欲成其体要，启其户牖，庶将来君子，思而勉之。

试着翻译如下：自古贤哲，因为勤学而立名。如果不学，就终身默默无闻了。况且会稽山的竹箭，湛卢宝剑的断割，不扎束它的箭羽，不淬炼而磨砺它，永远看不到它是可用之材啊。王羲之说："耽溺玩乐的时间，积累下来就像山一样。"张芝学习书法，一池子的水都变黑了。我有学习张芝书法的雅趣，寻求它的真意，不曾想知道他的形体容貌，却感觉体质内有凝滞。学习贵在志意专精，必有心诚感应。我半夜的时候，就梦到吞了一支笔，睡醒觉之后，好似笔还在胸膛。还有一次和衣小睡，看到张芝指着一个“道”字讲解用笔体法，这就是根源了。足以明白至诚可以感应神灵，至信可以得到验证。所以王羲之在山阴写《黄庭经》，感到三台神降临。他的儿子王献之在会稽山，看到一个奇异的人披云而下，左手持纸，右手持笔，把纸笔送给献之。献之接受后问他：“您是何姓字？又要到何处去游览？笔法如何施用？”此人回答：“我的居处在尘世之外，我的姓是不变的，我的字是常定的，我的笔迹又怎么会和我的身体不同呢？”献之佩服他的话，辞去后就比着写，过了三年，最终没能搞清其精义要旨。何况不学呢？王羲之说：自身不能通灵感物的人，是不能与他人谈论这大道的。道，是通过学而达到的。终日饱食，却无所用心，那离道的距离太远了。如果不能够得到入门的方法，即使勤奋也难以成功啊。如今创立君臣之体的书法格局，与攻占之势相像，若能掌握欲露故藏以近物类比远物之法，一定是凭借有竹器而得到兔子。一心想要，成其纲要，开其门户，希望未来的君子们，思而勉之。

虞世南的治学态度真可与古人“头悬梁，锥刺股”相比，他那第一大学士的头衔也不是这么容易得的。就说跟随智永禅师学书法吧，学到紧要处，累旬不盥栉，意思就是废寝忘食到十几天不洗脸不梳头，真正像入了魔一般，由此可见虞世南的书法艺术确是达到“居高身自远”的境界，其书法成就也确“非是藉秋风”而成，渺渺个体，生于专制社会而能保其天真，得其天年，成其令名功业者，古今有几人哉？

数千年人文纵横，多少才智精英，至达其道者，古今有几人哉？虞世南可称令人艳羡！

当虞世南将《劝学篇》抄写完呈上奉于唐太宗时，君王自然无比喜悦。他随手命宫人将原稿装裱完置于自己的龙榻前，以示警醒勉励。又吩咐手下誊抄若干份赠予皇子们，更期待皇子们在学业上能勤勉刻苦。

唐太宗曾对侍臣说：“朕借闲暇的时间与世南商讨古今政事，有一个字的差错，就生出惆怅恼恨，他恳切诚挚到这种程度，朕用他用得好啊。群臣都像世南这样，天下还愁不治?”

由于虞世南生前与唐太宗李世民赤诚相待，关系融洽，所以李世民对其念念不忘，并常梦见他。唐太宗与虞世南君臣和谐，在虞世南辞世后优礼相待特意抚恤，妥善安置他的子孙后代，这在有唐以来的皇帝乃至唐从前的诸帝中，也是少有的。

六　赋得吴都

画野通淮泗，星躔应斗牛。玉牒宏图表，黄旗美气浮。
三分开霸业，万里宅神州。高台临茂苑，飞阁跨澄流。
江涛如素盖，海气似朱楼。吴趋自有乐，还似镜中游。

——《赋得吴都》

琼花白，茉莉香，还有窗外千年的月光。
拱桥边，杨柳岸，烟花三月最美的地方。
油纸伞，青石巷，还有心中最美的姑娘。
西湖瘦，思念长，春江明月醉美了梦乡。
一座城，一生缘，绝色扬州我的故乡。
几多婉约，几多浪漫，你就是我梦的天堂。

伴随着吴侬软语清雅的歌声，思念泛滥成灾，江南、美景总会让人不忍离去。歌中的扬州，沉醉了多少文人墨客的情怀。

江南是中国人心目中富庶、繁华、美好、和谐和安逸的代名词，是“堆金积玉地”，是“温柔富贵乡”，是人间的仙境，是梦想的家园，是挥之不去的情结，是魂牵梦绕的终极追求。

处于江南的扬州，南临滔滔的长江，东依静静的京杭大运河，历来就是风光秀美的风景城、人文荟萃的文化城、博大精深的聚宝城。扬州的名称，最早见于《尚书·禹贡》“淮海维扬州”。其由来是因“州界多水，水扬波”，遂以“扬”为州名。扬州建城始于两千四百余年前的春秋时期，灿烂的历史文化给扬州留下了大量的名胜古迹和丰富的旅游资源。

公元609年，隋炀帝西巡张掖，置河源、西海、鄯善与且末四郡。西域二十七国君主与大臣纷纷朝见隋帝，各国商人云集张掖进行贸易。隋朝出现了罕见的万国来朝的恢弘局面。

野心膨胀到无以复加的隋炀帝按捺不住内心的自满，率领一众文臣武将巡幸江都，随行队伍包括虞世南和虞世基。一路浩浩荡荡，前呼后拥，铺排奢靡。龙船刚启动，虞世基就在旁献媚道："陛下雄才大略，如今区区一次西巡，就引得万国来朝，吾朝天威浩存，全仰仗于您的神武魄力！放眼五洲，突厥契丹等小儿，早晚是陛下的囊中之物，平定天下，四海归顺！"

"尔等庸庸之辈，唯有虞爱卿才真正懂得孤的一片心，"杨广继续说道："若朕也像你们这辈文官只求安稳怯懦，何时才能实现统一大愿，早朝时某些文臣的陈词滥调，朕都听腻了，多言无益"，隋炀帝摆摆手作厌恶状。

看着自己的兄长如此谄媚，虞公只能无声保持沉默。形容清瘦的虞公杵在那，内心却翻江倒海起来：如果不是当初兄长极力大赞得遇隋炀帝明君，并多次劝说力荐，即使过着布衣田园生活，我也是心安愉悦的。哪像现在，君主听不了一句谏言，又非得每次出行都不忘拉着我这位不识时务的倔驴一同作诗赋和。人生最大的痛苦，莫过于彼此大相径庭，还非得强颜欢笑。

"世南爱卿，听说你的卜卦极有水准，你倒是给我算上一卦，朕巡游江都，是否大吉？"杨广朝着虞世南问道。

还没等虞公转过神来，机警的虞世基早已接过话茬，抢先向隋炀帝作揖说道："回禀陛下，您略有不知，臣弟只是在诗赋上略有才华，关于卜卦，还是在下更为精通，此事干系重大，毕竟事关江山社稷，还是让微臣代劳吧！"

虞世基敢于在杨广面前篡改旨意，可不是一般的受恩宠，简直就是集万千宠爱。他的高情商，更体现在反应灵敏，洞若观火。其实这次，他更是为了维护弟弟，他更担心他这耿直朴实的弟弟，回答稍有不慎就会陷入险境，伴君如伴虎，兄弟俩虽政见不同但毕竟血浓于水。

"既然虞爱卿如此说来，倒也颇有些道理，那就你来起卦吧！"杨广用欣赏的眼光望着虞世基。

虞世基掐指一算，沉思片刻，喜悦答道："上《离》下《乾》，《大有》卦；离火丽日，满天霞光，自助人助，万物所归。恭喜陛下，贺喜陛下，微臣已多年未曾占到此大吉卦，承蒙上天垂象，天佑我大隋，陛下雄图霸业，指日可待！"

先莫论虞世基奸佞与否，他就有这天生的语言把控力和转化力，任何事到了他嘴里，就有化平凡为神奇的功效，一番言论总能哄得隋炀帝龙颜大悦，以致对待才学相当的兄弟俩，内心却有着天壤之别。

"话说尔等兄弟俩，同系一母所生，性情却千差万别，世南爱卿，你真该向你兄长多多学习！"

虞世南杵在那，进也不是退亦不是，尴尬又无奈地回答："陛下教训得是，微臣铭记在心！"

龙舟外，春风又绿江南岸，风光无限好；龙舟内，群臣举杯庆贺，纷纷恭祝皇帝。每当情志高涨，隋炀帝都不忘显摆他的诗才，这不，又指着虞世南下令道："世南爱卿，你就以《吴都》为题，赋诗一首。"

"微臣领旨。"虞公只得接过这件附庸风雅的好差事，想来也只能接接此类差事。

虞公虽不敢不从，但又不能抢皇帝的风头，他早知隋炀帝"嫉才"的小心思，也就学学兄长，粉饰太平一番。

画野通淮泗，星躔应斗牛。
玉牒宏图表，黄旗美气浮。
三分开霸业，万里宅神州。
高台临茂苑，飞阁跨澄流。
江涛如素盖，海气似朱楼。
吴趋自有乐，还似镜中游。

这类无关痛痒的诗赋对虞公来说简直就是小菜一碟，纯属顺手拈来之势。

隋朝时期的吴都指的是江苏扬州，这里水道纵横，帆樯林立，船只的数量大大超过了车马的数量。

《旧唐书》称"江淮之间，广陵大镇，富甲天下"，《新唐书》则称"扬州雄富冠天下"；《资治通鉴》也记载，"扬州富庶甲天下，时人称扬一、益二（成都）"。扬州之富庶、繁华可见一斑。

曾经的隋朝重镇、吴语扬州，在中国历史长河之中是一个包含着诸多精彩传奇之地。在这片海之西、江之南、斗牛星分之吴之土地上，吴越文化闪烁着他们独特的光芒。

当年的扬州不仅是中国"富甲天下"的大城市，而且还是闻名世界的国际大都会，是各国商品的聚居地，经济地位超过了长安、洛阳，有"天下之盛，扬为首"之说。

扬州手工制造业发达，当时很多质地优良的上乘商品都产自那里，比如服饰衣帽、金银铜器等。扬州纺织品中名气最大的就属毡帽了。扬州毡帽，在长安之流行，就相当于今天的苹果手机。

此外还有一件声名远扬的畅销货，就是扬州铜镜，当时是中产阶级闺中少女和阁中少妇的最爱，也是朝廷的贡品。扬州铜镜制作精美、广有声誉，当时铜镜的顶配都要加上一项叫作"金花银叶"的锻造技术，就是在铜镜背面，用胶漆把金银薄片贴成人物、花卉、鸟兽等形状，一层又一层，直到图形完全显现出来为止，这个叫作金银平脱法。

隋炀帝的起落，从辉煌到没落，伴随着大运河来来往往的船只，消失在无边的河际。鲜有人真正能看懂，这个大运河，到底意味着什么？

扬州之于虞公，既熟悉又陌生。这已是他第三次来扬州，唯一的区别是所跟随的君主不同罢了。遥想当年，兄弟俩一起到隋朝京师长安，兄弟二人都名重一时，当时的人把他们比作西晋的陆机与其弟陆云。那时的隋炀帝杨广还是晋王，听闻他们的名声，杨广与秦王杨俊征召的文书一起送到，虞世南以母亲年老为借口，坚决推辞。最终在大业元年（605），虞世南被杨广授为秘书郎，升迁为起居舍人。

人生若只如初见，该多好，你还是旷世明君，我还是那位意气风发的儒雅书生。因感恩于隋文帝的器重照顾，兄弟俩才决定携手赴京城入职，岂料只是徒添了一颗忠君报国心，却无报国地。

在隋炀帝看来，父亲杨坚政治上的一大失误就是没有收服江南士子。二十二岁的杨广广泛收纳江南士人，大大缓和了江南人的敌对情绪。他对自视正统的江南文人优礼有加，尊崇宽大。为更好地拉拢，他竟效法东晋名宰相王导，“言习吴语”，学会了一口流利的吴方言。他令潘徽领衔，集江南诸儒编撰《江都集礼》一部。对江南风物，江南美景，也是深情万分。

我 直都坚信世南是欣赏过琼花玉树的，虽未走进他的诗词，却刻在他的心底。

琼花的美，是一种独具风韵的美。它不以花色鲜艳迷人，不以浓香醉人，每到春夏之交，自然界一片姹紫嫣红，琼花却花开洁白如玉，风姿绰约，格外清秀淡雅；而每当秋风萧瑟，群芳落英缤纷，凋零衰败之际，琼花展示的却是绿叶红果的迷人秋色。其叶、其果，红绿相映，分外鲜艳，经久不凋，给萧瑟的秋色点染了艳丽的色彩和欢快的气氛。琼花的美更在它那与众不同的花形。其花大如玉盆，由八朵五瓣大花围成一周，环绕着中间那颗白色的珍珠似的小花（尚未开放的两性小花），簇拥着一团蝴蝶似的花蕊，微风吹拂之下，轻轻摇曳，宛若蝴蝶戏珠；又似八仙起舞，仙姿绰约，引人入胜。

再次下扬州，怎能不叫虞世南感慨万千，游的是同样的景致，赋的是同样的赞誉，体味的却是别样的心情。

此诗是虞公的咏物写景诗，通过事典的铺成叙写，意象浑融整肃，意态娴雅，特别是末尾四句以良好的艺术感觉，出色的描绘了江南胜景，颇得体物之妙，虽疏朗隽秀仍不离颂美，体现出精致清丽的江南诗人之韵味。

伯施，我一直都能理解你，诸多前尘往事，你是不愿多去提及的。不被重用的你，沉寂的你，那儿深埋着你的抱负，你最初的梦想和破碎的心。真正无可奈何的，其实是你。最美好的年华，黯然付之东流。

江南的雨，扬州的风，吴都的月，大运河畔、长江边上、她的繁华、她的富庶、她的舞榭歌台、她的诗词歌赋会记得你，曾经来过。

七 奉和咏风应魏王教

逐舞飘轻袖，传歌共绕梁。
动枝生乱影，吹花送远香。

——《奉和咏风应魏王教》

夏夜漫漫，吹不散淡淡热风，圣意却随一道圣旨而来。贞观十年(636)，李泰被封为魏王，遥领相州都督，督相、卫、黎、魏、洺、邢、贝七州军事，余官如故。

长袖轻飘，大家起舞翩跹。共歌一曲，歌声绕梁，经久不息，风吹动树枝，影子随之摇动，和风将花香吹送到远方。

逐舞飘轻袖，传往的正是当天的主人——唐太宗的第四子魏王李泰，他作了一首咏风的诗，请陪同的大臣也作一首，所以题作"应魏王教"。

此番封号，对李泰来讲别有一番荣耀在里头。父皇对他无上的宠爱，重新燃起他对太子之位的权利之欲来。论文韬武略，他在一众王子中确属出类拔萃，只因自己不是长子而与太子之位无缘。此次父皇对自己的封赏，李泰隐约能觉察到或许真是好运的开始，因此，家宴胜似皇宴。如师亦友的虞世南，更是先知先觉，又岂能怠慢，遂邀一帮同僚们共庆共贺，才有了《咏风》。

李泰府上的家宴，一派繁盛庆景。舞女们跟随着琵琶之乐，扬起轻盈的衣袖，和着歌声与它一起绕梁不散。恰如摇动树枝的轻风，首先扰乱它的影子，吹拂艳丽的花朵，将它的芬芳送往远处。写轻风而不著一"风"字，却将风的形象突现于读者眼前。

这需归功于诗人深厚的文学功底，善于捕捉风的特点，并以细腻的笔触从视觉、听觉、嗅觉等各种不同的角度着力描绘，反复渲染，强化表达效果。

作诗的最高境界即言某物却不着一字，这般的功力，世南尽具。下笔成文，足以纬俗经邦，岂止雕章饰句。

此诗亦是我最钟爱的五言诗中的一首，读来就会气若幽兰，口齿生香。

拜读伯施之诗只有待在他的世界，你才会懂得他的不易和抱负。以知己之心，度闲云之情。

《易经·系辞上》："圣人立象以尽意，设卦尽情伪，系辞焉以尽其言。"

咏物词要是停留在咏物上，无论写得怎样曲尽妙处，总是意义不大，境界不高，在曲尽事物妙处的基础上来写人物的情思，不停留在物上，这样咏物就有意义。

虽是应制诗，虞公还是惯用他不着痕迹的顾左右而不言及它的手法来叙事。

治史者共知，唐太宗器重李泰的一个重要原因是魏王李泰有着和唐太宗为秦王时类似的情志习惯、兴趣爱好。还记得当年的魏王池与魏王堤，正是李泰因父亲的宠爱而得，而如此胜景，又是因魏王李泰之名而闻名于世。

难得父子二人同时器重虞世南，唐太宗真正把李泰视为自己的知己，真心话只予李泰一人听，虞公亡故后更甚，唐太宗曾强忍悲痛悄然跑到李泰寓所痛心缅怀一番，以解失己之悲。

此时不得不提魏王，史书记载李泰才华横溢，聪敏绝伦，爱文学，工草隶，集书万卷，是当时的书法家、书画鉴赏家。唐太宗惜才心切，得知自己的儿子亦有潜心攻学之心，欣然允许李泰在府邸设置文学馆，任他自行引召学士，虞世南理所当然就是第一位。贞观十二年（638），李泰开始主编名著《括地志》，于贞观十五年（641）完成，呈献给李世民时，唐太宗如获至宝。

随手拾起李世民的《咏风》来：

萧条起关塞，摇飏下蓬瀛。拂林花乱彩，响谷鸟分声。
披云罗影散，泛水织文生。劳歌大风曲，威加四海清。

同是咏风，王者自有统筹全局的王者之范，而虞世南只能表明自己的一片拳拳忠心。

很多时候，作为臣下，虞世南明知李泰有治国之才，且有远优于李世民的文学造诣，却不得不用忠言来劝其蛰伏。明者奉赞，暗下倾力相助。忠孝友悌，礼义廉耻，这是虞公贯穿一生的行为守则，对人对事，都是如此。

皇位之争，虞世南本无意参与，但基于李泰也卷入其中，出于臣友之义，都当规劝。奈何权欲之下，少有人能放得下看得开。对于李泰，虞世南是真正欣赏的，不管是才学还是见地，李泰都非其他王孙所能比。但虞世南是不赞成李泰权争的，他最不想见到的就是同胞手足为夺皇位而互相残杀。

欲重情轻，情轻欲重，自古如是。

失兄之殇，是伴随虞世南一生的痛。虽说是兄长咎由自取，但若不为了权欲，不至于如此悲惨。伴君如伴虎，兄长就是最好的例子，对于权欲，虞世南从未过分看重。能发挥自己所长，择一明君，成一忠臣，已足够。对于李泰，虞公对他最深情的忠告便是：慧极必伤，欲重不长。

相较与曹植来，我甚至觉得李泰要幸运一些。同样的非凡才情，同样的深得父皇宠爱，同样的父子惺惺相惜，同样的深陷权欲之争，曹植要无奈而悲惨甚多。

曹植的七步诗犹在耳畔："煮豆持作羹，漉菽以为汁。萁在釜下燃，豆在釜中泣。本自同根生，相煎何太急？"

人往往高估自己的生命底色，而在命运转盘上任性着色，等待的将是一地的悲凉。

历史总是惊人的相似，深谙权争荣辱的虞公早已意识到李泰不会如愿，还是应该平心静气，你做你的魏王，父亲最宠的书法鉴赏家，他做他的旷世明君，互不侵犯，天下太平，不是更好吗？

八　侍宴归雁堂

歌堂面渌水，舞馆接金塘。竹开霜后翠，梅动雪前香。

凫归初命侣，雁起欲分行。刷羽同栖集，怀恩愧稻粱。

——《侍宴归雁堂》

岁月更替，懵懂的年华，谁欠了谁的幸福，谁又偿还了谁的苍凉。心若年轻，岁月不会老去。恰似江南的那缕秋风，吹散一地清愁。携着灯火阑珊的清丽，美得让人心生哀怨。

昨日夜里，又梦见在鸣鹤古镇的那段枕河而居的岁月：

幽幽青石板，醉人水乡梦，泛舟河中，看船橹在水中荡起圈圈涟漪，月光在斑驳的马头墙洇染出一方诗意。

是谁，越过大唐的风骚，沿仄仄平平的路径，帘卷西风，谁在风中吟一阙吹花送远香！你用翠竹填词，醉了江南风光！

若能回到千年，我真想邀虞公一道赏月听风，泼墨吟诗。我更想亲手做一把油纸伞赠予他，以墨香为词，用宋词的优雅，唐诗的玲珑，清画的含蓄，舒展你眉间的寂寥，用繁华的馨香，斑斓你尘寰的风韵。不知隔了千年，伯施，你是否还能忆起定水寺旁的那片竹林，那株梅？

“江南好，风景旧曾谙。”身为江南女子，自然对江南的亭台楼阁，画舫荷莲，晓风杨柳，心生欢喜。

江南，亦是一场慈悲的修行。

解家村，定水寺，我想我应该伫立在竹林小径的路口，聆听树叶沙沙的绝唱，读一位诗人的故事，才不会惊扰，他尘封了千年的眷念。那座父亲留下的古宅，最为适合改建成寺院，以造福庇护乡邻，这既是虞公最初离开时的心愿，更是虞氏先祖的遗愿。

甚至，我相信《兰亭序》最美的临本应该出自虞世南之手，因为他最得王羲之神韵，且他的书法造诣也直追王羲之，后世临者都无法及之。

> 歌堂面渌水，舞馆接金塘。竹开霜后翠，梅动雪前香。
>
> 凫归初命侣，雁起欲分行。刷羽同栖集，怀恩愧稻粱。

也不知是否我们真能心灵相契，当我念及《侍宴归雁堂》时，竟会黯然落泪，“凫归初命侣，雁起欲分行”，这份幽居心底的思乡怀亲伤感之情已无处躲藏。

浅读诗作，会觉平淡，可视为赴宴感怀谢恩颂德的拳拳之意。在秋末冬初的皇家禁苑内，此刻虞公正在享受大唐最高规格的国宴待遇。全诗对仗工整，歌堂对舞馆，渌水对金塘，虽然虞公身在长安，又能享受贵胄生活，他的脑海还是常常会浮现鸣鹤定水寺旁的那片竹海，他是念旧之人。

明代书法家赵宧光撰有一联自勉，联云：竹开霜后翠，梅动雪前香。引用的正是唐人虞世南的《侍宴归雁堂》的颔联。对联有两种：一种是自撰联；一种是从他人作品中选取句子聚集而成，这种对联叫“集句联”。这副对联就是集句联。联语乍看描绘竹经霜而叶翠，梅浴雪而吐香，实为书法家借此勉励自己要像竹那样正直，似梅那般高洁，寓意含蓄，读来给人以启迪。

此联虞公又是自喻，又是表明心迹。一来阐明自己今日的成就全凭自身努力勤奋而获得；二来再次向天子证明自己会一如竹子这般正直忠诚。

初唐诗中的梅花，就只是梅花而已，没有附加什么别的价值。纵观初唐诗作中鲜有提及“梅”字的，宋代经学家周敦颐曾说：“自李唐来，世人甚爱牡丹。”着实因为梅花在唐代不流行，恢弘气派的大唐怎能用梅花作为底色呢。所以，梅花在初盛唐诗人笔下，其功能并没有太大的扩展，无非是作为背景陪衬，或是寄托思念之情。

同样是浓霜，沈佺期看见的是“霜浓候雁哀”，徐锴看到的却是“霜浓薜荔红”，而虞世南看到的是“竹开霜后翠”，意象不同，所见迥然不同。不经历一番寒彻骨，哪得梅花扑鼻香。

虞世南流传下来的诗词不多，但也足以看出他对竹子的喜爱。与梅、松并称为岁寒三友的竹，与魏晋七贤林下作伴的竹，与定水寺相生相依的竹，竹之高洁，竹之幽丽，竹之顽强，无一不是虞公所钟爱的理由。

唐初贞观年间，虞世南一行东游泰山，途经山东肥城杨野村，见紫云桥石板上雕刻有一幅妙趣横生的风雨竹画，画由四句诗组成："不谢东君意，丹青独立名。莫嫌孤叶淡，终久不凋零。"

虞世南备感兴奋，于是欣然提笔，写下"利不动，色不悦，威不屈，害不折，忠耿耿，义烈烈，伟丈夫，真豪杰，纲常备，古今绝"的三字诗。诗句铿锵有力、简洁明快，将"富贵不能淫，贫贱不能移，威武不能屈"的大丈夫人格风范表述得淋漓尽致。

虞世南曾慷慨出资，购地百亩，让乡人耕种，租金用作祭祀关公之用；又出资在庙外南北大道东侧建石碑楼一座，供游人雅座。不久，关帝庙主持请来能工巧匠，将虞世南写的字刻在了一个大石鼎上，此鼎曰乌磁鼎，也放在石碑亭下供人瞻仰。

明代天启年间，山东肥邑知县王惟精于酒酣后用炊帚写下"超群绝伦"四个行书大字，苍劲有力，古雅灵动。王惟精意犹未尽，又在碑阴用草书写了虞世南评撰关羽的赞语，即三十个字的"乌磁鼎赞"，后款为"唐弘文馆学士虞世南撰"。两侧又写"风雨竹，真笔迹"六个行书大字，意为关羽所刻风雨竹为真品。这块大碑至今近四百年，成为肥城珍贵的历史文物。

"凫归初命侣，雁起欲分行"，自虞世基去世后，虞世南的诗歌里总隐约藏着他欲说还休的思念悲伤之情来。失去了手足，仿佛丢了全世界。

虞公的诗，深读来，总不乏惆怅滋味，我想必然与幼年丧父、青年丧母、中年丧兄有关，人生悲事莫过于此。虞世南是极重亲情之人，他的惆怅不同于纳兰性德的惆怅，彼之愁为情爱，虞之愁为至亲。

幼年丧父，那时小小的世南感觉天要塌下来似的，本就羸瘦的他形如枯竹。逝者已去，悲伤之情却久久不能平静，小世南决心茹素为父守孝，以念父恩。后被叔父虞寄收养，虽待他视如己出，但小世南却始终快乐不起来。

说来，纳兰容若和虞世南，虽年代不同，却颇有共通之处。一个生于豪门，生为相国公子，天生富贵，在"翡翠丛中，鹅黄队里"占尽了风光和荣耀。却不抵不过，他天生就情感丰富，多情而忧郁。放在现在，这种状态可能会被叫作"作"。

一个生于名门望族，被誉为"五绝名臣"，号称初唐第一大学士，诗词书法双绝，早年丧父，中年丧兄，大半生不得志，所幸能在晚年遇得明君，封侯荫子。但他的大半生都在孤寂惆怅中沉沦。

大抵如此，都是人间惆怅客，一位将世俗的情爱封存在自己的诗词中，一位将满腔的寂寞心付诸自身文化修为的凝练中。

我时常产生幼稚的联想，若是把他俩合在同一个年代，是否会碰撞出知己的火花？

这世间，必有一种懂得，穿越千年的等待，幽幽而来。

年少不懂世南心，读懂世南已白发。诗人之境界，是与常人之境界迥异。

知音其难哉！音实难知，知实难逢，逢其知音，千载其一乎。知音何其难寻，诗人自己亦自知。

都言诗人都曾有过一颗受伤的心，他们会比常人的情绪燃点低，或者说比常人更敏感，所以遇到相同情绪的风吹草动就爆发了。纳兰伤在情所求不得，世南伤在亲所求不在，不一样的心伤，一样的悲从中来。

在我看来，虞公的伤更会让人心疼。"雁起欲分行"，兄弟同从鸣鹤飞出，而兄长却飞不回来。为了忘却伤痕，虞公宁愿永不回去，以免再经历那段痛苦的回忆。

岁月悠悠，对面的蒹葭绿了又黄；清风徐徐，墙角的梅花开了又落，波光粼粼的杜若湖水带走的，也许不仅仅是一段历史，还有一位诗人的哀伤。

诗者，苦行僧也！然为诗者，大爱于心，纯真如童。不趋趋于权势，不汲汲于富贵，不戚戚于困苦，说的不正是灵魂的贵族——虞世南吗？

九　相和歌辞·飞来双白鹤

飞来双白鹤，奋翼远凌烟。双栖集紫盖，一举背青田。
飏影过伊洛，流声入管弦。鸣群倒景外，刷羽阆风前。
映海疑浮雪，拂涧泻飞泉。燕雀宁知去，蜉蝣不识还。
何言别俦侣，从此间山川。顾步已相失，裴回反自怜。
危心犹警露，哀响讵闻天。无因振六翮，轻举复随仙。

——《相和歌辞·飞来双白鹤》

贞观二年（628）清晨，唐太宗的寝殿外大槐树上飞来了两只稀见的白鹤，筑了个形如腰鼓的鸟巢，宫人认为是祥瑞征兆，纷纷向太宗祝贺，太宗却严肃地说："瑞在得贤，此何足贺?"

"快去，传虞秘书监来大殿听旨。"唐太宗吩咐身边的近侍道。

昨夜骤雨疏风，竟吹落了寝殿前一地的海棠，泛滥成花海，飘零开来，仿佛坠落前，与谁隔世相望过，景致情志，别离缱绻，心思如余烬般凝重，却又如浓雾般散不开。

一砚风雨，一夜未眠，一纸淋漓中藏着君王多少前思后忧！千古帝王，悠悠孤心。济济臣子中，能与之推心置腹者，寥寥稀有。昨夜的梦，晨间的海棠，枝上的白鹤，看似无关，但细恐存有千丝万缕的联系，唐太宗多少有些疑惑，思来想去，唯有虞公可信可谈。

这厢，虞公急匆匆从弘文馆赶来，还未等开口请安，李世民就示意近侍退却，只留下君臣二人，侃侃而谈。

"爱卿，勿要拘束，现只剩你我君臣二人，尔尽可畅所欲言，不管你如何冒犯，朕先恕你无罪，这下该放心了吧！"唐太宗继续讲到，"近日来诸事千头万绪，朕常有力不从心之感。"

"陛下正值盛年，何来此虑？臣听闻陛下今日喜获一件宝物，不知能否让微臣看一眼，沾沾皇恩贵气？"

"那有何不可，就在此处！"皇帝推开殿门指着近处梧桐树上的鸟巢说道。

"启禀陛下，微臣听闻此鹤成一双，为何只见到一只？"

李世民诧异地踮脚仔细看了一眼，确定只有一只后，自言自语道："这是为何呢？"

"有沐溪鹤，去青田九里，此中有一双白鹤，年年生子，长大便去，只唯父母一双在耳。精白可爱，多云神仙所养。白鹤产子，长大后就飞走，飞到景宁鹤溪伴随浮丘伯，所谓'神仙所养'。"虞世南细细说来。

唐太宗听到虞公此番讲解，不经愈发伤怀起来。父亲兄长，太子公主，以及大臣，那些已逝去的亲人重臣在他面前如画面般一一闪过，更添悲凉。

何言别俦侣，从此间山川。顾步已相失，裴回反自怜。白鹤尚且通人性，忠诚至此，何况人乎？

"白鹤之兆，是陛下恩德贤名所招感来的吉物，陛下自是无需多虑，白鹤更具长寿绵延之象，若能多修福报，行善积德，是乃国之大兴，民之大幸！"虞世南从不忘记随时谏言，而这已算是比较温柔的良谏！

"听虞爱卿一番讲解，朕已宽慰许多，虞爱卿就以'白鹤'为题，应诗一首，如何？"唐太宗情绪缓和了许多，语气中也透出轻松愉悦来。

飞来双白鹤，奋翼远凌烟。双栖集紫盖，一举背青田。
飏影过伊洛，流声入管弦。鸣群倒景外，刷羽阆风前。
映海疑浮雪，拂涧泻飞泉。燕雀宁知去，蜉蝣不识还。
何言别俦侣，从此间山川。顾步已相失，裴回反自怜。
危心犹警露，哀响讵闻天。无因振六翮，轻举复随仙。

对虞公的崇敬，不仅源于他的功绩才学，更为他三教同修，容万物于一体的大智所倾慕。从他的诗文中可以看出，虞公真正是一位儒释道同修的大家。从南北朝的儒家到隋朝的佛家，再到唐代李渊大兴道家的机缘看来，虞世南并不是盲目执迷于某一教派之人，他有着他独特的一套思维理论。

可以想象，除了安身立命的儒学以外，虞公素来与佛道两家比较亲近。这对白鹤，定是与虞世南有过几面之缘的。

说他是初唐大诗人，实不为过，如此细致地铺排写两只白鹤，这是需要功夫的。“飏影过伊洛，流声入管弦”，这一联尤其风神无限。

中国美学自先秦起就重视以物比德，因为传统儒家认为人的内心需要一种深藏的精神价值，将其挖掘发扬出来就可以外在化。内在的道德完善则更需要有一些特定外形与内在素质的物，来做有形的载体。

在中国诗歌上，鹤的意向最早见于《诗经·小雅·鹤鸣》：

> 鹤鸣于九皋，声闻于野，鱼潜在渊，或在于渚。乐彼之园，爰有树檀，其下维萚。它山之石，可以为错。
>
> 鹤鸣于九皋，声闻于天。鱼在于渚，或潜在渊。乐彼之园，爰有树檀，其下维谷。它山之石，可以攻玉。

《周易·系辞上》：“鸣鹤在阴，其子和之。我有好爵，吾与尔靡之。”

以上两经均以鹤之叫声喻君子之华，乃美君子也。

古代文人以鹤为知己，以我观物，以心感物，以情化物。既读孔孟之书，心达周公之礼。

孤傲不群，出淤泥而不染，鹤生活在远离尘世的小渚或山谷，山林水泽的灵气赋予了鹤的优雅脱俗，也造就了鹤的孤独离群。曲高和者寡，众人皆醉我独醒，高远的理想和深邃的思想在世俗社会中是鲜有人欣赏的。自古知音难觅。

“皑皑和鸣，顾眄俦侣”的悲伤跃然笔尖，不曾生别离，安知慕俦侣。虞公的感伤，全权系于一人之上，正是他的兄长虞世基。早年丧父的经历更使得世南万分珍惜起亲情的难能可贵，长兄如父，如知己，双重情感的交织，让世南面对突如其来的变故时，感到犹失四肢之痛。况且兄长贪图富贵的价值观的改变是可以追溯到“贫无产业，每佣书养亲，怏怏不平”之时。若非之前的困顿生活，虞世基也不会对金钱权力有如此大的执念。君子爱财取之有道，爱财养家是本分，但欲望无限扩大直至纵容妻儿骄淫富奢那就有违天道了。

说到因贫无产业而贪，我不由得联想到某个访谈类节目中所呈现的现象：现今有一部分大贪官之走入歧途，竟然也是因为从小穷怕了而滋生极度渴望贪婪财富的欲望。隔了千年，人性规律大抵都是如此，竟然从未改变过?!

其实，虞世基本质上并不是一个坏人。他若遇到明主，可以是一个很好的宰臣。可惜，可叹他遇上的是一位不纳谏言的隋炀帝，时乎，命乎？从虞世基早年对陈后主的劝谏来看，他也是一个有良知的官员。而后来他也曾劝谏隋炀帝，可是隋炀帝听不进去。他从此看透了隋炀帝的忌讳——听不得一丝一毫的谏言。怕死的性格使他屈从了隋炀帝，以求获得富贵，最终他也为此付出了生命的代价。

虽是相和歌辞，却将被动化为主动，托物言心，既是应承又是明志，赏析着世南诗中难得的人间挚情。句句字字化为脑海中的碎片，犹如回忆镜，将前尘往事照得心海翻涌……此时此刻的唐太宗不免生出诸多感慨：兄弟如手足是不假，而玄武门之变又岂是自己情愿所为，直教人感叹身在帝王家的身不由己，哪一朝更新换代不是用一时的腥风血雨换来千秋的太平？朕固然欣赏你虞爱卿的高风自洁，你亦可随心自喻为鹤之高姿，不屑于世俗同污，我身为一朝天子，责在造福天下百姓，岂能孤芳自傲不问世事？在其位谋其事，在其位谋其言，只有朕真正懂得爱卿的一片出世心、知己心、忠臣心。

也因虞世南的这首飞来双白鹤，李世民的恻隐思亲之心日渐蓬勃。恰巧得知高僧玄奘法师从印度取回真经，唐太宗思慕佛法已久，遂以国师之礼诏觐见。

诚然，唐太宗李世民是一个迷恋权力的人，玄武门之变，他是踩着哥哥李建成的尸首当上皇帝的，但他知道，所有的权力，所有的荣华，所有的功业，都不过是过眼云烟。他真正的对手，不是现实中的哪一个人，而是自己，是死亡，是时间，如海德格尔所说："死亡是本身向来不得不承担下来的存在可能性。"作为这种可能性，死亡是一种与众不同的悬临。他把死亡归结为停止，但在我看来，死亡不仅仅是停止，它的本质是终结，是否定，是虚无。

这种虚无令唐太宗不寒而栗，死亡会使他失去他已得到的一切，他看到了繁华之后的凄凉，有一种绝望攫取他的心，于是他想抓住点什么。

他给取经归来的玄奘以隆重的礼遇，又资助玄奘的译经事业，我们无法判断唐太宗的行为中有多少信仰的成分，至少可以见证他为抗衡人生的虚无所做的一份努力，试图以佛经的力量来对抗人生的悲哀和死亡的咒语。

听完玄奘的禀陈和奉上的《心经》全文，唐太宗立马命虞世南抄写若干份赐给自己的皇亲贵族及重臣们，并嘉赐玄奘佛堂庙宇若干座，黄金百两，请法师为自己亡故的皇亲们念经超度。

十　相和歌辞·饮马长城窟行

驰马渡河干，流深马渡难。前逢锦车使，都护在楼兰。
轻骑犹衔勒，疑兵尚解鞍。温池下绝涧，栈道接危峦。
拓地勋未赏，亡城律讵宽。有月关犹暗，经春陇尚寒。
云昏无复影，冰合不闻湍。怀君不可遇，聊持报一餐。
——《相和歌辞·饮马长城窟行》

这是虞公诗作中唯一会让我有流泪之感的大作，豪放与悲慨述尽江河。

这首诗中，最让我有感觉莫过于"怀君不可遇，聊持报一餐"这一句，拳拳报恩心，天地可证。虞世南的边塞诗，实属他诗作中的上乘之举。数量虽不多但影响深远，其渐开唐风的作用是可以肯定的。

《饮马长城窟行》是汉代乐府古题，相传古长城边有水窟，可供饮马，此名由此而来。这首诗在《文选》载为"古辞"，不署作者，而在《玉台新咏》中署名为东汉末年文学家蔡邕所做，后世颇有争议。

虞公的诗作，在入唐前多为奉和诗，入唐后，由于身居高位，也写了不少应召奉和之作，他的边塞诗却是他成就最高的诗作。

作为一介文官，虽未亲临沙场，但因畅游于广博海量的古书海洋的知识积累，沙场秋点兵的阵势早了然于胸。都言书到用时方恨少，读书明义的最高境界或许除了勤勉积累以外，天赋资质不可否认。世南与生俱来的过目不忘，举一反三之慧，自是一般读书人求之不得的天赋异禀。

虞世南作为江南文化的代表一直都影响着以唐太宗为首的关陇贵族。后来，他为使皇帝诗歌创作方便，专门编了一本可供查阅的图书《北堂书抄》，类似于现今的作文大词典，里面有大量辞藻华丽的咏物写景的词句，由唐太宗独享。

边塞诗中，他将关陇刚健、豪侠的文化气息融入诗中，通贯南北，达到了采众家所长后达到的艺术新境。所谓圆融整丽，四德俱存。治世之音，先人而兴者也。

唐初整个社会环境重武，文人们向往建功立业，当朝的诗人们多多少少去塞外军中呆过，以了却自己的功名之念。边塞诗在唐代就成为一种高度程式化的题材。它的创作贯穿于唐代的始终，人人皆作，风格各异，是一种最能体现文人尚武精神的题材。

可能连李世民都未曾想到，这位形貌柔弱的书生，也有他们关陇贵族男子强悍的一面。

诗名为乐府古题，一将功成万骨灰。我一直都不敢正视古代战场，被称为最血腥的人性厮杀都不为过，真刀实剑的拼杀，直至血流成河，横尸遍野，连空气都凝固成地狱般的惨烈。

疲惫的战马在激流翻涌的渡河口艰难徘徊，即使这般，大军在将领的指挥下仍井然有序地前行，悄然无声地压境。将士们历经千难万险，过温池，下绝涧，走栈道，攀危峦，换来的却是“拓地勋未赏”的不公，冯唐易老、李广难封的历史悲剧再一次重新上演，苍凉之情油然而生，读之悲凉千古。

轻骑犹衔勒，说的就是飞将军李广的人生，李广运用空城计下马解鞍吓退敌人主动领兵撤离，而只可惜这位战功卓著、备受士卒爱戴的名将，却一生坎坷，终身未得封爵。

虞公敢于替浴血奋战的将士鸣不平，当年李广因“数奇”而无缘封赏，想不到数百年之后，悲剧仍在上演。难道真的是将士“数奇”吗，真正原因是朝廷并不重视他们的功绩，吝啬爵赏罢了。天子身边的佞臣花言巧语就可讨得黄金千两，而将士们浴血沙场却几近一无所得。这是谁之过？

此时，我不得不搬出李世民的同版《饮马长城窟行》：

塞外悲风切，交河冰已结。瀚海百重波，阴山千里雪。
迥戍危烽火，层峦引高节。悠悠卷旆旌，饮马出长城。
寒沙连骑迹，朔吹断边声。胡尘清玉塞，羌笛韵金钲。
绝漠干戈戢，车徒振原隰。都尉反龙堆，将军旋马邑。
扬麾氛雾静，纪石功名立。荒裔一戎衣，灵台凯歌入。

李世民的《饮马长城窟行》创作于贞观二十年（646）九月驻跸灵州，平定宋金刚之乱时，于“（武德）二年十一月，太宗率众趣龙门关，履冰而渡之”，诗中所描写的悲壮之景当是诗人亲眼所见，此诗亦是濡笔马上而作。

帝王之诗自有浑然天成的英雄霸气，全诗充斥着胜利的喜悦。这是唐太宗走出宫体诗以外的诗作，据说为当时的诗坛洞开了新的气象。但我还是想说，我更倾向于虞公的那首，情真意切，发自肺腑。

边远、荒凉之地只需一介之士戍守，朝廷中已有凯歌高奏。大唐王朝，威镇四夷，只需很少的守兵，就可以保证国家的长治久安。李唐全盛时，的确如这两句所描述的那样，边境安宁，四境宾服。

恐怕全诗中唐太宗最喜的就数尾联“荒裔一戎衣，灵台凯歌入”。综观全局，全诗立意高远，言辞从容，层次分明，音韵优美，达到了艺术手段与个中立意的高度统一，一扫六朝以来的绮靡和宫廷诗的艳丽，堪称唐诗的辟荒之作。所谓“要给人一杯水，自己先得有一桶水”，唐太宗正是以其高超的文学才华，身为九五至尊，而力倡文学，遂有唐诗这一中华文坛之高峰。老子曰：“是以圣人处无为之事，行不言之教。”唐太宗正是身体力行，以雍容、雄浑的诗风进而推行其从善如流的政治，终于成就大唐伟业，光耀华夏。

还有隋炀帝的《饮马长城窟行》：

肃肃秋风起，悠悠行万里。万里何所行，横漠筑长城。岂合小子智，先圣之所营。

树兹万世策，安此亿兆生。讵敢惮焦思，高枕于上京。北河见武节，千里卷戎旌。

山川互出没，原野穷超忽。撞金止行阵，鸣鼓兴士卒。千乘万旗动，饮马长城窟。

秋昏塞外云，雾暗关山月。缘严驿马上，乘空烽火发。借问长城侯，单于入朝谒。

浊气静天山，晨光照高阙。释兵仍振旅，要荒事万举。饮至告言旋，功归清庙前。

两阕诗词通首气体强大，王者之气度各有千秋。唐太宗本是威名远播，以武见长，而这恰恰却是隋炀帝的短板，随意翻出一篇弱水三千的词来，其之大美都抵得过“扬麾氛雾静，纪石功名立”的霸气来。“浊气静天山，晨光照高阙”，隋炀帝的高妙在于他的从华得素，风骨凝然，即使在枯索的军旅诗中都能清标自出。

言者有心，听者无意。恰如虞世南本身的自我感慨，三十年的隐忍和韬光养晦，怀君不可遇，聊持报一餐。此生之年，若能遇一知己明君，哪还有憾！而今，遇到明君又逢知己，即使是“驰马渡河干，流深马渡难”，为臣终将会“怀君不可遇，聊持报一餐”，因为并不是所有的饱学之士都会如他这般幸运。

吕蒙正的传世奇文——《破窑赋》：

天有不测风云，人有旦夕祸福。蜈蚣百足，行不及蛇；雄鸡两翼，飞不过鸦。马有千里之程，无骑不能自往；人有冲天之志，非运不能自通。

盖闻：人生在世，富贵不能淫，贫贱不能移。文章盖世，孔子厄于陈邦；武略超群，太公钓于渭水。颜渊命短，殊非凶恶之徒；盗跖年长，岂是善良之辈。尧帝明圣，却生不肖之儿；瞽叟愚顽，反生大孝之子。张良原是布衣，萧何称谓县吏。晏子身无五尺，封作齐国宰相；孔明卧居草庐，能作蜀汉军师。楚霸虽雄，败于乌江自刎；汉王虽弱，竟有万里江山。李广有射虎之威，到老无封；冯唐有乘龙之才，一生不遇。韩信未遇之时，无一日三餐，及至遇行，腰悬三齐玉印，一旦时衰，死于阴人之手。

有先贫而后富，有老壮而少衰。满腹文章，白发竟然不中；才疏学浅，少年及第登科。深院宫娥，运退反为妓妾；风流妓女，时来配作夫人。

青春美女，却招愚蠢之夫；俊秀郎君，反配粗丑之妇。蛟龙未遇，潜水于鱼鳖之间；君子失时，拱手于小人之下。衣服虽破，常存仪礼之容；面带忧愁，每抱怀安之量。时遭不遇，只宜安贫守份；心若不欺，必然扬眉吐气。初贫君子，天然骨骼生成；乍富小人，不脱贫寒肌体。

天不得时，日月无光；地不得时，草木不生；水不得时，风浪不平；人不得时，利运不通。注福注禄，命里已安排定，富贵谁不欲？人若不依根基八字，岂能为卿为相？

吾昔寓居洛阳，朝求僧餐，暮宿破窖，思衣不可遮其体，思食不可济其饥，上人憎，下人厌，人道我贱，非我不弃也。今居朝堂，官至极品，位置三公，身虽鞠躬于一人之下，而列职于千万人之上，有挞百僚之杖，有斩鄙吝之剑，思衣而有罗锦千箱，思食而有珍馐百味，出则壮士执鞭，入则佳人捧觞，上人宠，下人拥。人道我贵，非我之能也，此乃时也、运也、命也。

嗟呼！人生在世，富贵不可尽用，贫贱不可自欺，听由天地循环，周而复始焉。

人生最大的悲剧和无奈，是生不逢时和命运的多舛。隔了百年，终究会有禅悟者遇上有心人。这篇《破窑赋》，正是对虞公这首《饮马长城窟行》最入骨的阐述。

十一　奉和献岁宴宫臣

履端初起节，长苑命高筵。
《肆夏》喧金奏，《重润》响朱弦。
春光催柳色，日彩泛槐烟。
微臣同滥吹，谬得仰钧天。

——《奉和献岁宴功臣》

唯爱禅香与茶，不知是否也是一份执念。

不妨，在寂静的午后，清凉的水夜，迷茫的清晨，点一盏禅香，在心灵的风景里穿行，借一支香的须臾，将人生小憩，温软的香雾在脸颊缭绕不止，水润禅心般，一份贴心的安适忽从中来。

思绪将我送到大业十一年（615）新年伊始的正月初一，金碧辉煌的宫殿内奏响雄壮的《肆夏》之乐和赞美仁德的《重润》之音。

起居舍人虞世南奉命进宫赴宴，却迟迟未动身。他已知，宴会就是一场粉饰太平的应酬颂德，并无实际意义，且自己怎么都讨不得隋炀帝的欢心，也没那天赋，虞公亦是不屑，罢了，就让擅长之人去尽情发挥吧。

“爹爹，我要那朵小花儿。”女儿秀姚指着屋外的桃树奶声奶气地叫唤着。

“好，我的乖姚儿，爹爹给你摘来！”望着女儿灿若桃李的小脸，虞公喜不自禁。

小秀姚虽只有四五岁光景，却长得精致小巧，皓肤如玉，眉眼细长，尽得风流。

话说生母林氏才貌已属仙人之绝，“仿佛兮若轻云之蔽月，飘飘兮若流风之回雪”，而女儿秀姚更添几分脱俗清丽。小女儿不仅姿容出众，而且锦心玲珑，颇有柳絮之才。

“爹爹昨夜教你背的诗，你可会了？”林氏徐徐走过来，无限温柔地朝着父女俩说道，“就知道缠你爹爹，快到娘亲这边来，别耽误你爹爹上朝哦！”

林氏，名菡萏，虞公的第三任妾室，来历颇有些神秘，只知才貌绝佳，性情温婉，尤擅琴技，完全称得上是虞公的知音，解语花。

“女儿如此非凡早慧，本就属上天恩赐，慧极必伤，我不愿她将来因自身的出众招来虚无的困扰，只愿她无忧欢愉过一生，外在的好恶荣辱，如过眼云烟，不值得！”虞公继续说道，“就如你我一般，兜兜转转，历经坎坷，才得以相遇相守，拥有异于常人的才与貌并不见得是一件幸事呀！”

“虞郎，妾身能遇上你，已属万幸，并无任何奢望，只愿我们能携手白头，守着昶儿姚儿，平安喜乐，我便已知足！”林氏说完这番话，心潮澎湃，多少翻云覆雨的过往回忆，心酸等待，都化作痴情相守的誓言。

虞公听完，把抱在怀里的秀姚搂得更紧了，几多唏嘘，几多宠爱，“上天总算待我不薄，馈赠我沧桑半生最好的礼物，就是菡萏和秀姚！”虞公不由升起无限感慨……

菡萏娴熟地把熏过鹅梨帐中香的交领官服为虞公披上，顺手在内衬系了个鱼莲香囊，香囊内是特制的“栀子沁雨香”，闻来使人如沐春风，心旷神怡，亦是虞公最钟爱的调香。

“昨晚熬夜绣的吧，如此秀美可人，为夫甚是欢喜得紧！不过这工序可费神了，下不为例！”虞世南故作生气又心疼道，内心却甜蜜得很！

这份闺房之趣，这份能溢出水来的甜腻，虞公也只会在最在意的人面前自然流露，想来都会妙趣无穷。

等虞公到达大殿，殿内已是一派喧哗之象，兄长虞世基比他早到了一会儿，正焦急等着他，看到虞世南进来，捋了捋手上的官牌，疑惑问道：“你弗知今日是圣上宴请之日？为何如此晚才到？”

“我本就是可有可无之人，永远攀不上陛下的惦记，迟来早来又有何区别？”虞公自我打趣道。

"书呆子，无可救药!"虞世基无奈摇摇头回应道。

刚说完，就看见隋炀帝大摆龙驾，无比欢喜坐上龙椅来。

"爱卿们今日不必拘束，开怀痛饮，开宴。"杨广霸气地把手一挥。

欢乐奏起，歌姬翩翩起舞，觥筹交错，尽兴处，杨广助兴弹奏起琵琶来，所谓君臣同乐，欢度佳节。兄长虞世基似乎也极为热衷于欢歌艳舞，融入其中，沉醉地打着节拍，而虞公却在一旁打起自己的小心思。

"世南爱卿，近日来有何诗作，拿出来供大家欣赏一番。"杨广突然朝虞公问道。这一问，倒惊醒了沉思中的虞世南。

"回禀陛下，微臣才疏学浅，实在拿不出手好诗，请圣上降罪。"虞世南谦逊又沉稳地答道。

"哎，爱卿何必如此自谦，那就应景赋诗一首吧，也省得你坐在那如此沉闷，诗歌舞本就一体，同乐嘛，哈哈。"隋炀帝继续开启他的撒欢模式。

虞公略思片刻，就吟出诗来：

履端初起节，长苑命高筵。肆夏喧金奏，重润响朱弦。
春光催柳色，日彩泛槐烟。微臣同滥吹，谬得仰钧天。

据说汉明帝为太子时，乐人作诗歌四章以颂德，一曰《日重光》，二曰《月重轮》，三曰《星重辉》，四曰《海重润》。此时的杨广也效仿先贤在大殿设宴款待有功之臣们，御花园内的槐树也沾染了天边彩霞的多姿，显得格外喜庆，虞公身为一介小小官吏只能奉命赋此和诗，以致只能滥竽充数般仰仗皇帝盛德。

此诗为和隋炀帝《献岁宴功臣诗》而作：

三元建上京，六佾宴吴城。朱庭容卫肃，青天春气明。
朝光动剑彩，长阶分佩声。酒阑钟磬息，欣观礼乐成。

虞公的成功之道取之于祖上虞翻注释的虞氏《周易》和《太玄经注》。

虞翻的七项全能包括“大学者、方士、谋士、说客、枪术高手、长跑健将、药师”，只要后代子孙虚心传承，掌握其中一项，就足以让他们雄踞一方。而直接受益者，莫若虞世南。

据说杨广刚到甘泉宫时，那秀丽的泉水山石、花草树木都使他称心如意，却独怪没有萤火虫，便下令捕捉一些萤火虫到宫里来供晚上照明。近侍马上派出几千人捕捉，送来五百车萤火虫到宫旁。隋炀帝确有诗人的浪漫，开放的思维和天马行空的想象力。他想诗意的栖居，不过萤火之光转瞬即逝，于今腐草无萤火，终古垂杨有暮鸦。

在杨广身上我们看到了冷酷、无情、无畏、坚毅，这些特质在不少君王、商界天才、学界大佬、风云政客等身上都有体现。

《论语·子张》中有这样一句话：“纣之不善不如是之甚也，是以君子恶居下流，天下之恶皆归焉。”意思是说，纣干的坏事不像传说的那样厉害，由于他是亡国之君，人们就把他当作坏的偶像，把天下所有的坏事都归到他的头上了。

智慧如虞世南，他太了解《周易》上讲的“君子藏器于身，待时而动”的重要性了。虞公早就看穿隋炀帝这个善妒皇帝的忌讳，所以自谦装愚，以为永保安稳之策。有时候识时务，并不是懦弱，适当的弱才能更长久的强大。

十二　出塞

上将三略远，元戎九命尊。
缅怀古人节，思酬明主恩。
山西多勇气，塞北有游魂。
扬桴上陇坂，勒骑下平原。
誓将绝沙漠，悠然去玉门。
轻赍不遑舍，惊策骛戎轩。
凛凛边风急，萧萧征马烦。
雪暗天山道，冰塞交河源。
雾锋黯无色，霜旗冻不翻。
耿介倚长剑，日落风尘昏。

——《出塞》

在浩如烟海的唐诗里，有一种雄劲雅健，叫出塞诗。

当那缕最干净的灵魂落在古乐府的韵律中，便撑起了一个羸弱文人的英雄梦。

塞外的风雪，漫天飞扬。满眼迥异的风光下，是家国天下的豪情。经年积雪阻断了天山之路，凛冽寒冰将河流固封，望着昏暗无华的浓雾锁空，疲惫萧萧的战马，战士们似乎绝望了。但看到插在小土墩上屹立不倒的战旗，他们瞬间化身为充满斗志的铁甲精兵，斗志昂然，誓将绝沙漠，即使孤身一人，都要抵达玉门关。是何种信念和执着，让这群少年郎，愿用自己的血肉之躯来对抗恶劣的自然环境？那是“上将三略远，元戎九命尊”的皇恩，那是“缅怀古人节，思酬明主恩”的任侠，那是“山西多勇气，塞北有游魂”的气魄。沙漠的深邃之处，他们孤独地跋涉着，这极为悲壮的历史断章，让虞公情感的触角幻化成雄鹰的目光，俯首萦回，闪亮的羽翼沾着心灵的叹息，在旷野的风中流传。

这首气势恢弘的诗一气呵成，画面像一部立体电影震撼决然，激越豪迈，气壮河山；文字刚健轩昂，整肃雄浑；感情豪迈悲壮，风骨遒劲。

本首出塞诗主题鲜明，意境高远，本是末路悲凉的诗歌意象，这里被赋予了英雄壮怀激烈的情志，有英雄不问成败的大气和沧桑，既包含了庄子的超越思想，又有儒家追求建功立业的的风尚。

《出塞》不光是一首边塞诗，还让我们认识了一位与众不同的虞世南。虽然，羸弱的诗人只适合纸上谈兵，在梦里作万夫不当之勇状；虽然虞公从来就没参过军，只是在诗里做着一个总也总不完的英雄梦。他在诗中对天山、热海、大风雪、大沙漠和边疆战争的描写，开辟了古代诗歌领域中前所未有的美学境界和开拓性诗风。

本诗篇为拟古诗，古乐府诗有此题，是一种以边塞战斗生活为题材的军歌。《晋书・乐志》记载汉乐府有《出塞》、《入塞》曲，内容多为描述将士的边塞生活情景，南北朝时多有拟作者，虞世南作此诗为唐人中最早的拟作。他从南朝出发，超越南朝，导引了初唐诗风的转化，给诗坛带来清新自然、雄劲豪放的气息。

在艺术境界的创造上，唐代诗人以广阔的审美视野，在咏侠诗中创造了雄浑壮美的艺术境界，成为"盛唐气象"美学规范的艺术表征之一。

大漠边塞这一雄阔的场景，主要出现在初盛唐歌咏游侠救边赴难的诗篇中。诗人将其生活场景设置在大漠边塞，既是实写，也是出于审美的需要。游侠于大漠边塞中纵横驰骋，方能一展侠风雄气。同时咏侠诗中借奇伟宏大的场景，使诗人的满腔热情和壮丽的山川熔铸成雄风鼓荡的刚健诗章，而其艺术上的独造，就是这种雄奇的审美情趣与大漠边塞撞击发出的绚丽火花。在这样的咏侠诗中，游侠与自然、困难的搏击震荡着强大的生命激流，显示着强大的人格力量。

唐代是一个鼓励人幻想的时代，也是一个鼓励人做梦的时代。初生的帝国在上升的时候，以前的陈规陋习被扫荡殆尽，每一天，都在上演着起于布衣至于卿相的奇迹。虞、李、岑、许之俦，以文章进；王、魏、来、褚之辈，以才术显；咸能起自布衣，蔚为卿相。时代的激发使每一个读书人都对未来充满了自信，充满了进取与征服的豪情壮志，每个人心中，都有一个繁华梦、侠客梦。

而这份浓重的“繁华梦”和“侠客梦”，就需要全然寄托在“明主”和“明君”身上。

唐代文人的“明主情结”则与侠的冀知报恩观念一拍即合。无论是受朝廷征辟，还是就任于方镇；无论是为人君拾遗补阙，还是投笔从戎，他们都视这一切为国恩、君恩、知己之恩。因而“山河不足重，重在遇知己”。

唐代科举中形成的座主与门生的恩报关系，往往使文人将侠义精神中的求知己、报恩仇积淀为自觉的行为和方式。故知举者或通榜者荐拔举子及第为赐恩，则举子当然要报恩。

抬高进士科，为士人的兴起，尤其是为寒庶之士进入统治阶层创造了重要的政治环境。而寒素之士求荣心切，便于驱策，更宜于倚之为亲信，于是便形成唐代文人极为浓厚的“明主情结”。唐代一部分文人在诗文中极力剖白和张扬自己的这种情愫，并把它化为一种任侠精神——报恩为豪侠。“士不遇文化规定下的伦理价值观，制约着下层豪士的恩怨情感，宁愿冒险代恩主刃仇，敢死轻生，也不愿有负别人的情义，这里面有微贱之士对恩遇机缘的珍视，仍洋溢着侠的自尊自重”。也从侧面反映出诗人们共同的时代苦闷，在唐代尤具现实意义。

与春秋战国时期个人英雄主义的游侠不同，唐人又将游侠的自由意识与家国情怀联系在一起。游侠从游离在体制之外的孤独剑客，变成了“捐躯赴国难，视死忽如归”的战士。于是游侠们加入军队奔赴边关，让边关成为他们实现人生价值的舞台。他们为国为家为民族，成了真正的“侠之大者”。

在虞世南看来，一种现状存在感要成为文学的审美对象，它必须深入到作诗者的内心体验，才能引起审美观照。唐代任侠风气中所包含的文人士大夫的文化心理，通过其任侠活动或对游侠人格精神的崇尚，已成为文人士大夫重要的文化生活方式，形成了以侠或侠义精神为核心的具有普遍意义的审美情趣，他们将侠作为一种审美意象，寄托自己的人生理想，抒发建功立业的抱负和怀才不遇的愤懑，形成颇具时代文化精神的咏侠诗创作，表现出唐代任侠风气与文人、文学的密切关系。

虞公的“英雄梦”就寄托在这首《出塞》诗中，同样，他的侠义报恩，就系在“君王”上。

很多时候，虞公常会幻想，若自己出生在武将世家，定是位鲜衣怒马的侠客，一人一马仗剑天涯，尽可“事了拂衣去，深藏身与名”；亦或是位心怀报国之志的将士，慷慨赴国难，毫不在乎阴山上是否有自己的名字。更多时候，他会无比羡慕唐太宗身上的胡人血统，让他们有侠客的豪气干云。虞世南的赤子之心，从未变过。

塞外无常的风雪，牵动着虞公羁绊的游魂。寂夜里，弹一曲《出塞》，感受沙漠的清冷、玉门的悲苦。是否，所有的风霜，都需要用剑花去刻存；是否，所有的寒暑，都需要沾染尘世的纷扰。若可以，我愿意，在江南一隅，眺望远处的天山，许下静待归期的诺言，只为岁月安然的美好！

十三　赋得临池竹应制

葱翠梢云质，垂彩映清池。
波泛含风影，流摇防露枝。
龙鳞漾嶰谷，凤翅拂涟漪。
欲识凌冬性，唯有岁寒知。

——《赋得临池竹应制》

盛夏光年，烂漫度过。捻指青红的季节里，只想静谧地陶醉在诗词书画中，领略那一时的清凉。焚香，让袅袅青烟荡涤心灵的羁绊，铺开素白的一纸锦卷，指端的画笔带领着我的思绪飞向千年前的大唐，不知那年夏季的太极殿内，一代君王唐太宗笔下的巍巍翠竹是否一如此刻，笔下生情，竹心荡漾。

倘若此刻有人问我，写诗与作画哪样更容易？我会坚定地告诉你：当你真正爱上它的时候，你会觉得那都不是事。诗与画本身就有诸多相通之处。

就如诗画全才苏东坡的诗中写道：

论画以形似，见与儿童邻。
赋诗必此诗，定非知诗人。
诗画本一律，天工与清新。
边鸾雀写生，赵昌花传神。
何如此两幅，疏澹含精匀。
谁言一点红，解寄无边春。

直白地说，画不是越逼真越好，而是贵在传神，介乎于像与非像之间，源于自然而高于自然，以表达出人内心一些不可名状的意境。这种表达有时候是夸张的、抽象的、写意的，不一定是写实的，但同时又能唤起人内心的强烈共鸣和震撼。

记得梵高曾说过，最高明的艺术家在中国和日本，真不知为什么清朝会有人到欧洲去学画。梵高是现代公认 19 世纪最深刻的画家之一，在他看来，当时的欧洲人根本不懂得欣赏艺术，他的印象派作品在当时无人理解。其实印象派恰恰就带有一定的中国传统美学倾向。

诚然画中要有诗意才雅，诗中要有画意才高。好诗必须要具备意境深远、寄情于物、一语多关等特点。艺术都是相通的，美学原理是一以贯之的，诗和画有着共同的艺术规律，只是艺术具体表现形式不同罢了。

话题有点扯远了，我们来回到原诗中。

这首诗是虞世南酬和唐太宗《赋得临池竹》的应制诗。太宗诗曰："贞条障曲砌，翠叶贯寒霜。拂牖分龙影，临池待凤翔。"

恰恰在第二句里，唐太宗却出了一个不得体的小差错，竟把竹子耐寒的主题写入夏天的景致里。

那还了得，以治学严谨自居的虞公怎能视若无睹，那还不被天下人笑话。虞公心急却无奈，当着帝王面也不能说不是，灵机一动，自已再赋诗一首加以更正：

葱翠梢云质，垂彩映清池。
波泛含风影，流摇防露枝。
龙鳞漾嶰谷，凤翅拂涟漪。
欲识凌冬性，唯有岁寒知。

一般应制诗都是拍拍皇帝的马屁，可是，虞世南的应制诗却没有阿谀奉承，反倒给皇帝的是挑刺和温婉的纠正。

虞世南和诗中的第五句采自伶伦的传说。伶伦是黄帝的乐师，被派往生长着各种奇异竹子的嶰谷采割竹子，制造一套排箫。就此含蓄明确地“纠正”唐太宗的绝句。唐太宗没有扣紧描写与水池相关的竹子这一题目。在第一联诗里，虞世南将竹子的“高”——自然高度、色彩、光亮、高尚精神，这一切都与云相似——与其在池中倒影的“低”相对照。第二联是不一致主题的出色描述：竹子的倒影随着水波荡漾，仿佛被风吹动，而实际上竹子是不动的，大量的水流困住能够避开小量的水——露珠的竹枝。在第三联里，虞世南向唐太宗展示了如何建立龙和凤的联系，而同时切合水中竹影的主题：水池变成反映“龙影”的嶰谷之溪，凤凰来临的倒影似乎“拂动涟漪”。

在向唐太宗示范了处理主题的“恰当”手法后，虞世南指出那首绝句中的明显错误：必须等到冬天才谈竹子的耐寒。竹子的这一性质具有很强的道德联系，与常青树一样，竹子是正直和坚韧耐苦的象征。这样，虞世南暗示了只有当竹子受到考验时，才能赞美它的这些品质。

同时诗人一语双关，以竹自喻，表明自己就犹如竹子这般刚正不阿，虽然有时难免冲撞天子，使龙颜不悦，但在大是大非与国家危难之时，自己的忠心日月可鉴。

唐太宗岂会不知道，他不仅英明神武，而且胸襟开阔。在政治上如此，在文学上也是。他号召大家写诗一定要雅正，也一定要中和，要有底线。

因此才有虞世南、魏徵等臣子谏言，唐太宗认为前朝的梁简文帝和隋炀帝都是大力宣扬宫体诗才灭亡，这些都是亡国之音，唐诗要师古学古，要温柔敦厚。

由竹引龙，由溪引凤，如此灵动温婉又不失本意的创作之法，或许只有点字成金般的伯施才能运用自如。比较与赏析其他诗人的赋竹之诗，只怕多了随性，而少了灵动。

一个是腹可行舟的有道明君，一个是学富五车的正直之臣。

我们看唐太宗亲撰的《晋书·陆机传论》便得知：

> 观夫陆机、陆云，实荆衡之杞梓，挺珪璋于秀实，驰英华于早年。风鉴澄爽，神情俊迈；文藻宏丽，独步当时；言论慷慨，冠乎终古。高词迥映，如朗月之悬光；叠意回舒，若重岩之积秀。千条析理，则电坼霜开；一绪连文，则珠流璧合。其词则深而雅，其义则博而显。故足远超枚、马，高蹑王、刘，百代文宗，一人而已。

因为他崇拜的陆机，是"文藻宏丽"，"叠意回舒，若重岩之积秀"，而虞公恰好拥有如此文才，所以唐太宗于他的群臣中就极为钦佩虞世南。褚亮在《十八学士赞》中，是这样赞虞世南的：

> 笃行扬声，雕文绝世；
> 网罗百家，并包六艺。

《唐书·虞世南传》记载，他与兄虞世基同入长安，时人比作晋之二陆，《新传》又品评这两兄弟说："世基辞章清劲过世南，而赡博不及也。"

竹，非花非草非木，实在是造物主的一种创造。可如天然去雕饰的素妆少女婀娜娉婷；可如浩浩然有英雄气的须眉男子枝横云梦；叶拍苍天、桃红李白、柳影婆娑都抵不过苏轼的十里竹林的"宁可食无肉，不可居无竹"。

都云仁者乐于山，智者乐于水。吾亦独乐于竹的那份恬淡悠然，那份虚怀若谷，那份君子之风。竹无花，却常绿于春夏秋冬；竹有节，节节为空，却持空心看尘世间烟云琼梦，繁花惊艳。

如若你细心感悟，静心地与大自然融合在一起，你会惊喜地发现这世界万物都是感物喻志的象征。它们启迪了我们的心性，开启了我们尘封已久的大智慧。

《竹经》说："竹不异禅，禅不异竹，竹即是禅，禅即是竹，受想行识，亦复如是。"

青青翠竹，尽为法身，希望自己能够成为一个浅薄的禅者，在画竹的有意无意之间，能够渐次领会禅的真意和追求境界：先空其叶，次空其枝，再空其身。于是，成就一颗没有阴晴冷暖、寒暑交往的真心，即见性明心。

竹心方得禅，竹外斩思源。心意怎生得，在竹一瞬间。

十四 咏舞

繁弦奏渌水，长袖转回鸾。
一双俱应节，还似镜中看。

——《咏舞》

世间万物，皆是因缘巧合。一切看似偶然的东西，往往背后有其必然。同理，实用于写诗、礼乐、和舞。

无论何时，我都更倾向于走心的雅物。作为一种审美范畴的"空灵"，悦心是一种文化心理的写照，与"虚实""言意""形神"等范畴相联系，构成了中国传统文人艺术的审美特征。

古代贵族生活讲究观舞齐心，而舞必与琴之节律与音乐相配。

琴的韵味是虚静高雅的，要达到这样的意境，则要求弹琴者必须将外在环境与平和闲适的内在心境合而为一，才能达到琴曲中追求的心物相合、人琴合一的艺术境界：见山立志，遇水生情，仁者喜山，智者喜水。

"希声在自得，不必为知音。"我不必为你而奏，琴到无人听时工；我只管以琴入禅，由定生慧，以声为缘起，在虚幻不实间演奏心间清微深远的意境。

《金刚经》云："若以色见我，以音声求我，是人行邪道，不能见如来。"

瑶琴淙淙，角羽宫商，流水诗情赋；风雅韵浓，大音希声，飘渺思太古。

七弦冷冷，独坐幽篁，云深不知处；纤指轻拨，广陵绝响，萦迴山水途。

还能忆起三年前与小语妹妹合演的那段《佳人歌》："北方有佳人，

绝世而独立。一顾倾人城，再顾倾人国。宁不知倾城与倾国？佳人难再得！”

那天，身着水袖的我们仿佛是从大唐走来的纤纤舞姬，浅笑低眉，云肩转腰；罗衣从风，长袖交横，风韵流转。一袖轻舞，千种风情、万般景致地演绎着红尘深处女子的柔美。琴舞和鸣，在众人叹为观止的惊呼声中谢幕。练过古典舞的都知晓，这般的眼波流转、深情浅笑，一个云手，一个盘腕，一个转身，形神韵律绝非一朝一夕可成。只有你舞过，走心过，你才会领悟到形神兼备、身心互融、内外统一的舞蹈境界。

眼神的流转，指尖的兰花形状，面庞的百媚千娇，如此精致的一位女子，她的腼腆、淡秀、恬静、妩丽，包含着中国传统女子所有的风情。是否钟情音律舞蹈的女子都有一份玲珑剔透的心性呢？在我看来，就是素日里，她们的一颦一笑都比寻常女子几多生动俏皮。

从风回绮袖，映日转花钿。
同情依促柱，共影赴危弦。

——南北朝·王暕《咏舞诗》

舞势随风散复收，歌声似磬韵还幽。
千回赴节填词处，娇眼如波入鬓流。

——唐·李太玄《玉女舞霓裳》

遏云歌响清，回雪舞腰轻。
只要君流眄，君倾国自倾。

——唐·李商隐《歌舞》

历数前朝咏舞诗人的作品，总是那么的婉约藏情，牵引着人们的思绪。

“诗者，志之所之也，在心为志，发言为诗。情动于中而形于言，言之不足故嗟叹之，嗟叹之不足故咏歌之，咏歌之不足，不知手之舞之、足之蹈之也。”

如果说诗词是情感的最初表达，那么舞蹈便是情感的升华。

舞诗一首，足以诠释一段风雨人生，演绎无数起落悲欢。在这里，每一段缘分，都有平仄；每一个故事，都有韵脚。

虞世南唯一的一首《咏舞》诗：

繁弦奏渌水，长袖转回鸾。
一双俱应节，还似镜中看。

繁复的琴弦奏响了《渌水》名曲，飘逸的长袖善舞起《回鸾》曲，乐师与舞者的节奏动作音律整齐归一，好似镜中看到影子一般绝妙令人遐思。歌和律，舞应节，千变万化，唯意所适。轻歌曼舞，羽衣蹁跹，一曲惊鸿。细腰婉转，眉目含情，美不胜收。最美处，便是那眼角一碧秋痕倾城。

此曲是虞世南的五言古诗，用比喻和借代等方式描绘出音乐的繁复和舞蹈动作的妖娆，不得不承认他的作品具有一种独特的文学素养。

文人的乐舞活动是乐舞艺术消费与传播的一个重要途径。两汉魏晋时期，文士的乐舞活动丰富多彩。汉代"百戏"是融杂技、武术、幻术、滑稽表演、演唱、舞蹈等于一体的技艺性综合艺术，演出场合一般在民间的市井广场，但许多贵族士人也以"百戏"娱乐宾客。"百戏"还成为文人宴集、朝廷外交场合表演的节目。到东汉时，安帝曾下令宫中"罢鱼龙曼延百戏"。可见"百戏"当时在宫中表演之盛。汉代文人士大夫不仅喜爱"百戏"，也迷恋"女乐"，汉魏时期贵族家中普遍养有大量的歌舞伎人，即女乐。据《汉书·礼乐志》载："贵戚五侯、定陵、富平外戚之家淫侈过度，至与人主争女乐。"这些贵族中人生活十分淫侈，追求声色享乐，甚至与皇帝争夺"女乐"。东汉著名的学者、文人马融十分喜欢音乐，"善鼓琴，好吹笛……常坐高堂，施绛纱帐，前授生徒，后列女乐"。他的学生有上千人，学堂之上讲授学问，学堂之后却不忘歌舞享乐，可见其对女乐迷恋的程度。两汉魏晋文士还喜欢在宴饮聚集时即兴起舞。即兴起舞一般为独舞，歌舞形式与风格因人而异。如《汉书》中记载的李陵送别苏武的即兴歌舞。苏武为汉时名将，出使匈奴十九年，历尽磨难仍坚贞不屈，而李陵却在战败之后无奈投降匈奴，无法归汉，当苏武终于全节归汉时，李陵的心情十分复杂，于是，他特地给苏武举行了一个送别宴会，并以歌舞抒发自己悲痛的心情，歌舞之后“泣下数行”。这种即兴歌舞是一种典型的悲情歌舞。

汉魏时期出现了众多的文人音乐家。在中国古代的传统教育体系中，歌舞音乐是贵族子弟必学科目。汉魏时的世族子弟从小就受到良好的音乐舞蹈教育，很多人成为音乐家或音乐爱好者。汉代杨恽自谓“家本秦也，能为秦声；妇，赵女也，雅善鼓瑟”。桓谭“好音律，善鼓琴”，并且喜爱郑声俗乐。东汉时的杜夔“邃于声律，聪明过人，丝竹八音，靡所不能”。蔡邕为东汉著名学者、音乐家，他的女儿蔡琰“博学有才辩，又妙于音律”。到三国时，可以称为文人音乐家的人数大增，“妙解音律”，“弦歌酣宴”成为这些文人音乐家的共同特征，而且很多人是秉承家族传统的。如阮氏家族中阮瑀、阮籍、阮咸、阮瞻等数代人皆精通音律，阮籍并有音乐专论《乐论》传世。嵇康不仅喜欢“弹琴咏诗”，而且还是著名的音乐理论家，他的《声无哀乐论》等音乐专论，提出了许多令后人瞩目的音乐美学思想。谢鲲、谢尚、谢安等都喜欢乐舞，并亲自参与创作与表演。这一时期的文人博通伎艺者颇多，即使是在日常家庭聚会场合，歌舞表演也成为必备节目。潘岳《闲居赋》中写道：“寿觞举，慈颜和，浮杯乐饮，丝竹骈罗，顿足起舞，抗音高歌。人生安乐，孰知其他。”

到南朝时，代之而起的一方面是文士的自娱歌舞。《南齐书》中记载了一次宫廷中的文士宴集活动，士人各自施展自己的音乐才艺：“褚渊弹琵琶，王僧虔弹琴，沈文季歌《子夜》，张敬儿舞，王敬则拍张。”“拍张”是一种裸露上身拍击身体各个部位的民间健身舞。南朝时的文人在乐舞表演中自娱自乐，把乐舞表演看作是一种纯粹的艺术享受。另一方面，他们对于乐舞表演更多的是将其作为观赏的对象。南朝时“女乐”的乐舞表演水平十分高超，士族文人对这种高水平的表演给予了更多的关注与浓厚的兴趣。从流传至今的众多的咏舞诗作品中，我们可以看出当时文人对乐舞艺术倍加爱悦的心情。咏舞诗为南朝宫体诗的一个重要内容，当时的宫廷诗人在创作的大量咏舞诗中，对乐舞表演中舞姿舞态的描述委婉生动，"情多舞态迟，意倾歌弄缓"，"举腕嫌裳重，回腰觉态妍"，"罗衣姿风引，轻带任情摇"。这些诗歌不仅是对舞蹈动作的技巧描述，而是用审美的视界来观察，用艺术的触觉捕捉对象的情态。由此我们可以看出，南朝文士已不再将乐舞表演看作是交际的礼节性手段，而是将其作为纯粹意义上的艺术作品来看待，这种视角的转换是以南朝文学与艺术追求形式之美为前提的。南朝文学对形式美的追求达到了很高的境界。南朝艺术也是如此，绘画追求"气韵生动"，书法讲求"神彩""柔媚"，音乐方面重情尚俗。正是在这种"为艺术而艺术"的大背景下，舞蹈艺术才有可能发展成为极具抒情色彩与视觉美感的艺术作品，南朝时期也便成为中国乐舞艺术史上浓墨重彩的辉煌时代。

虞世南的《咏舞》，可远观，可抒情，不艳不娇，情理俱在。

"霓裳曳广带，飘拂升天行"，节律是舞者的韵味，渐入化境，起承转合。它以中国的"跷"入画，舞者独特的体态婀娜多姿，温婉典雅。身姿的流转不是飞流直下，而是曲径通幽，韵味独具。

自古音舞的灵魂相契易得，而要找寻如知音般的情怀伴侣却实属不易。虞公千古一叹，我亦一叹千古。

他这一生，知己尚少，等了一辈子，还能在垂暮之年换得明君赏识，不求如音舞般和谐一致，至少使他懂得了妥协。李世民说过虞世南是他的一面镜子，督使他日日反省。而虞公想告知的，是这句"还是镜中看"，他同样在天子的镜中照见自己的这颗从容心。

凡事学会妥协，于情于物，都是好的。从容相待，结局早有安排。你费尽心力所执着的过程，到最后皆是一场虚幻。人生无常，不必介怀。

这话表面上来看确是一种妥协，可若毫无敢于恬然的傲骨，怕是无人能解其中意。妥协不是不分是非，而是在有了太多辛酸苦痛之后的肺腑之言，是让双方各自欢喜的大智慧。智者对智者才会说"妥协"，对愚者多说无益。其中滋味，非知己无法体会！

舞亦禅，禅可舞，在舞中觉知，在舞中自省，在水月镜花中观照自己的内心。舞韵禅心，欢喜自在。

如果说音律是夏日里的一抹清风，那么舞蹈就是线装的美酒，而诗歌就是素素心崖开出的一朵壁花。若可以，我愿成为一个素心的人，化为一朵素心的花，以灵魂对望生香，它将会是平淡的岁月里一抹最动人的交映。

十五　奉和月夜观星应令

早秋炎景暮，初弦月彩新。清风涤暑气，零露净嚣尘。
薄雾销轻縠，鲜云卷夕鳞。休光灼前曜，瑞彩接重轮。
缘情摛圣藻，并作命徐陈。宿草诚渝滥，吹嘘偶搢绅。
天文岂易述，徒知仰北辰。

——《奉和月夜观星应令》

早秋的暮夜，暑气渐渐退去，但微炎犹存，幸好有阵阵清风徐来，惹得御花园里的紫薇花瓣上的露水娇艳欲滴。初弦玉弓惊阑珊，今夜注定不凡。蒙受天子圣恩吾等连夜设宴，美其名曰“赏月观星”，纵情饮酒赋诗。琥珀酒、碧玉觞、金足樽、翡翠盘，食如画、酒如泉，古琴涔涔、钟声叮咚。

大殿四周装饰着倒铃般的花朵，花萼洁白，骨瓷样泛出半透明的光泽，花瓣顶端是一圈深浅不一的淡紫色，似染实天成。殿内的金漆雕龙宝座上，坐着一位睥睨天下的王者。底下，歌舞升平，衣袖飘荡；鸣钟击磬，乐声悠扬。台基上点起的檀香，烟雾缭绕。飞檐上的两条天龙，金鳞金甲，活灵活现，似欲腾空飞去。

尽管今夜有淡淡薄雾笼罩，月色依然美好。天子拿出自己的新作《月夜观星》请众诗家们唱和，且指定让虞公赋诗。虞公早有准备，呈现出拟好的词章，自谦为滥竽充数，完全为了迎合天子的口味而作。陛下呀陛下，关于天文地理，岂是仰望星空，三言两语就能尽述的？人生，有如月弦，虽有圆满，但却并不多见，倘若在月缺弦半之时，心中能泛起阵阵弦动悦音，心月相合，便自得满弦。

君王呀君王，您都看不到微臣的一片赤诚肝胆。明明上天已垂象示意，即使我不用观天象起卦就已知晓，大运河之举，虽是您开疆扩土的工具之一，但对于安居乐业的百姓而言，他们哪能理解您的宏图大志，他们只能是抱怨，船能载舟，亦可覆舟。若是被居心叵测的下臣小人利用之引起国基动乱，岂不是得不偿失！虞公果然一语成谶，此举成为隋朝灭亡的导火索，明智的虞公早已料到！

大业元年（605），隋炀帝月夜观星，兴致大好，随即赋诗《御应月夜观星示百僚》：

团团素月净，翛翛夕景清。谷泉惊暗石，松风动夜声。
披衣出荆户，蹑履步山楹。欣睹明堂亮，喜见泰阶平。
觜参犹可识，牛女尚分明。更移斗柄转，夜久天河横。
裴徊不能寐，参差岁种情。

全诗一气呵成，杨广为了彰显自己非凡卓绝的才华，特别要这位低调奢华有内涵的臣下虞世南唱和。

慧如伯施，岂会不知天子脑袋里的几斤几两，哈哈，既不能落了下风，也不能不识时务夺了头彩，只能应制加自嘲般的述来：

早秋炎景暮，初弦月彩新。清风涤暑气，零露净嚣尘。
薄雾销轻縠，鲜云卷夕鳞。休光灼前曜，瑞彩接重轮。
缘情摛圣藻，并作命徐陈。宿草诚渝滥，吹嘘偶搢绅。
天文岂易述，徒知仰北辰。

虞公诗作，大体可以分三类：一曰应制诗，乃奉天子之命所唱和，艺术性相对较低一些；二曰拟古诗，为拟前人诗题，别出新意者；三曰咏物叙事诗，乃借事物抒怀，自出机杼者。此诗既可作为南朝绮靡婉缛诗风的终结之作，又是开启大唐清朗豪放诗风的先行篇。

自古圣人就有“仰以观天象，俯以察地理，知幽明之故”，上古时的历法、渔猎、祭祀和战争，都囊括在《易经》的智慧中，对于这等小唱和，虞公应承的自然不在话下。世南之辈的学霸，诗词歌赋、琴棋书画、观星象、背《易经》，都是儿时四五岁的家常便饭，在我们看来晦涩难懂的天书《易经》，世南用起来毫不费力，这也得益于良好的家学渊源。

虞公岂会不知隋炀帝明则让其赋诗，暗则在试探自己的《易经》功底。

隋朝大业元年，即605年，隋炀帝杨广一声令下，动用数百万人力历时五年的京杭大运河正式开工。从此一条千里运河贯通南北，它撑起后来唐朝的强大，却变成了隋末大乱的导火索，运河修成后，自洛阳，西到长安，南到杭州，北抵涿郡，东至海，水路运输四通无阻，使洛阳的交通更加方便，经济更加繁荣。

虞公内心一片悲凉，他早已知晓杨广的建运河之计，于公于私，纵观利弊，确切地说是造福了后人，苦了当世百姓。虞公的上奏表和作诗隐晦劝谏自然不可少。可在当时，虞公官微言轻，霸主杨广一意孤行，多说无益。只叹"缘情摛圣藻，吹嘘偶搢绅"。

虞世南观天象的技艺可追溯到先祖虞耸的家族传承上，儿时在鸣鹤测天楼（世界上第一座天文台）夜观满天繁星的美好回忆，虞公历历在目。

《易经》云：天垂象，见吉凶，圣人象之。自古以来，天象的变化，一直为帝王所重视。古人认为，凡世间国事的变化都与天象息息相关。

《贞观政要》卷十，贞观八年（634），有彗星见于南方，长六丈，经百余日乃灭。太宗谓侍臣曰："天见彗星，由朕之不德，政有亏失，是何妖也？"虞世南对曰："昔齐景公时彗星见，公问晏子。晏子对曰：'公穿池沼畏不深，起台榭畏不高，行刑罚畏不重，是以天见彗星为公戒耳！'景公惧而修德，后十六日而星没。陛下若德政不修，虽麟凤数见，终是无益。但使朝无阙政，百姓安乐，虽有灾变，何损于德？愿陛下勿以功高古人而自矜大，勿以太平渐久而自骄逸，若能终始如一，彗见未足为忧。"太宗曰："吾之理国，良无景公之过，但朕年十八便为经纶王业，北剪刘武周，西平薛举，东擒窦建德、王世充，二十四而天下定，二十九而居大位，四夷降伏，海内乂安。自谓古来英雄拨乱之主无见及者，颇有自矜之意，此吾之过也。上天见变，良为是乎？秦始皇平六国，隋炀帝富有四海，既骄且逸，一朝而败，吾亦何得自骄也？言念于此，不觉惕焉震惧！”魏徵进曰：“臣闻自古帝王未有无灾变者，但能修德，灾变自销。陛下因有天变，遂能戒惧，反复思量，深自克责，虽有此变，必不为灾也。”

贞观八年（634），虞世南进封永兴县公。同年，陇右山崩，大蛇多次出现，山东及江淮多次遭大水。唐太宗问“天变”，也即星象变异。虞世南以晋朝以来历次山崩为例，借机劝谏太宗遵循道德义理，并希望太宗不因功高而自满、不因太平已久而骄傲松懈，始终如一。太宗听后敛容反省，认为此言对自己有警醒作用。

记得曾在《淮南子·天文训》中读到这么一段：

> 物类相动，本标相应。故阳燧见日，则燃而为火；方诸见月，则津而为水。虎啸而谷风至，龙举而景云属，麒麟斗而日月食，鲸鱼死而彗星出，蚕珥丝而商弦绝，贲星坠而勃海决。人主之情上通于天，故诛暴则多飘风，枉法令则多虫螟，杀不辜则国赤地，令不收则多淫雨。四时者，天之吏也；日月者，天之使也；星辰者，天之期也；虹霓彗星者，天之忌也。

翻译过来如下：万物因为属于同类，能够相互感应，本和末能够相互联系。所以把阳燧放在阳光下，就能积聚热量生成火；将方诸放在月光下，阴气就会变成润泽的水。老虎吼叫时就会刮起阴凉的山风，蛟龙飞舞就有祥云升起，麒麟相斗就会发生日食和月食；鲸鱼一死，天空就会出现彗星；蚕吐丝时，商弦容易折断；流星坠落时，海水就开始漫涨。人间君主的性情是和上天相互感应的，所以刑罚严酷暴风就多，歪曲法令虫灾就多，杀害无辜百姓就发生旱灾，政令不合时宜就下暴雨，造成涝灾。四季是上天的使者，日月担任天的使节，星辰是上天会合的场所，虹霓彗星的出现是因为上天想表达一定的禁忌。

曾经的繁华，曾经的显赫，曾经的浪漫，便都化做了历史的一袭轻烟，飘然而逝。

一切皆有定数，历史的更替，改朝换代，并不是一己之力可以扭转的，虞公你应当明了。

十六　奉和幸江都应诏

南国行周化，稽山秘夏图。百王岂殊轨，千载协前谟。
肆觐遵时豫，顺动悦来苏。安流进玉轴，戒道翼金吾。
龙旌焕辰象，凤吹溢川涂。封唐昔敷锡，分陕被荆吴。
沐道咸知让，慕义久成都。冬律初飞管，阳乌正衔芦。
严飙肃林薄，暖景澹江湖。鸿私浃幽远，厚泽润凋枯。
虞琴起歌咏，汉筑动巴歈，多幸沾行苇，无庸类散樗。

——《奉和幸江都应诏》

大业元年（605），隋炀帝乘四层高的龙舟，从京城浩浩荡荡的南下江南。这是隋炀帝首次巡游江都（今江苏扬州），回溯从前，江南地区的教化举行得非常成功，相传在大禹治水成功后曾藏秘图于今浙江绍兴市南边的会稽山，称帝后又曾于此给各部落首领记功封爵。此次隋炀帝的出巡是为了安抚南国民众。中原和江南处于分裂状态已有几百年，一个中原的皇帝下江南，一个刚把江南归于自己的统治之下不久的王朝，为表示对江南的统治与重视进行巡游。

大运河两岸的民众可以亲眼观看到浩大的场面，看到大隋国威，人们自然欢喜。隋炀帝与民同乐，充分地显示了皇恩浩荡，泽被百姓之亲和。天地一片龙凤呈祥之气，河道中间是华丽的游船，空中飘来仪仗队吹奏的音乐。隋炀帝治理国家成就巨大，因为君王盛大的恩泽，万物都受到了天地的滋润。君王呀，在您英明领导之下，世间被王道沐化，百姓遵循礼仪一切变得美好。太平盛世就像奏起了虞山琴《南风曲》，风调雨顺天下大治，君主圣明德存于琴。幸运如我般臣民，仁被草木，能被君王宽厚相待，只可惜我虞公就像樗木一样，原本散漫平庸，幸得皇帝赏识，才有今日这番荣耀。

题目"奉和"，这个"奉"字，如果按照它的本义来讲，就是"捧"字。意思是双手捧着皇帝的原作，照样也做一首。

虞公现存的诗中大多是应制奉和诗，他是写应制诗的高手，最能铺陈辞藻、排叠典故，自有一套。这些诗歌，内容类似，却常存新意。写诗就如弹琴，讲究在整体思维上有传统意境，有的人创作是纯粹的意象，没有具体旋律，整个作品就是一种意境，这样也有美感。但类似虞公的作品是需要有旋律感的，都知晓古琴曲的曲谱不好写，因为定弦不好定，它需要创作者和听众的共鸣所激荡的抑扬顿挫，有激有沉。

纵观全曲，这就像调味剂一样，缺少一味调料，菜或许能吃，但可能会损失很多风味。开端的音乐和后续的煽情、激烈、摇滚式的表达方式都会不一样，它的出现中和了前后极端的情绪，多少显得有些苍凉，但正是这种苍凉里包含着的耐人寻味，让作品又多了一层表达的空间。演奏琴曲的极致，便是让人看尽人生百态，也看清人生百态，心无旁骛，达至"无境"。

虞世南的为官生涯是从陈朝开始。隋炀帝知道人才的重要，从陈朝的众多俘虏中招揽了虞世南，授予秘书郎的职务，负责掌管四库图书经籍。但隋炀帝不喜欢有人在他面前提意见，对虞世南就说过"我性不欲人谏"，谏诤是沽名钓誉之举。如果一个臣僚老是进言，恐逆龙鳞，轻者自讨没趣，重者人头落地。

面对这样的皇帝，虞世南的做法是不多说话，安安静静在秘书省整理古籍，他从繁杂的书卷中摘抄大量可供文人撰文运用的资料，分门别类，编成 173 卷之多的《北堂书钞》（今存 160 卷）。

全诗中的点睛之笔还是这句"虞琴起歌咏"，这曲虞琴既是杨广最美好的希冀，亦包含虞公对新任君王治国平天下的殷殷期盼。

几千年来，人们谈论琴，几无不尊崇虞舜弹奏的《南风》之曲，它成了中国历代琴文化中关于琴德的文化标志，儒家对琴定义为："琴者禁也，所以禁止淫邪，正人心也。"虞舜《南风》琴曲被奉为琴道典范，盖因其"德如泉流"，"以平天下之心"，"以琴道致和平"的内涵。"和"是历代儒家音乐美学中最下之心”，“以琴道致和平”的内涵。“和”是历代儒家音乐美学中最受崇尚的理想境界，古琴曲《南风》正是心平德和的柔顺之音，体现了中国传统音乐思想，对后世的影响可谓深广久远。众所熟知的《虞舜熏风曲》即由此而来，三国魏人王肃注《孔子家语·辩乐》云：“昔者，舜弹五弦之琴，造《南风》之诗。”《南风歌》为上古歌谣，相传为虞舜时表现运城盐池和人民生活关系的民歌。此古谣借舜帝口吻，诉说世间万物迎承熏风的恩泽，抒发了中国先民对“南风”既赞美又祈盼的双重感情，表达了作者以民之忧为己之忧的思想。其诗曰：“南风之熏兮，可以解吾民之愠兮；南风之时兮，可以阜吾民之财兮。”

由此可见，在文人的古琴音乐思想中，每一涉及古琴曲，《南风》都被放在最尊之位。这是源于古老的正统信念，也具有一定政治性，它与儒家的修身齐家，治国平天下的理想相一致，也是怀有政治抱负的文人要在琴上体现的崇高理想。

大业（605—618）是隋炀帝杨广的年号，历时十三年多。其名称来自《易经·系辞上》：“盛德大业至矣哉，富有之谓大业，日新之谓盛德。”一位能把“大业”两个字作为自己年号的皇帝，便可窥见他的雄心。

或许当初，虞公是相信这位君王会带给天下万民一片祥和安居之业的，一如他在扬州为官时的勤政爱民，一如这首《南风曲》。

人生若只如初见，该有多好。

后来的后来，亦是世南始料未及的。

杨广即位第一年就着手大干一番，创立科举制度，同时巡游江都，准备兴建大运河。

隋炀帝于公元 604 年登基，在位十四年。隋炀帝登基的头几年，正值隋王朝的鼎盛时期，国力强盛。隋文帝杨坚经过二十多年的经营，为隋王朝打下了雄厚的物质基础。据《北史》卷十一《隋本纪上第十一》：“（杨坚）躬节俭，平徭赋，仓廪实，法令行，君子咸乐其生，小人各安其业，强不凌弱，众不暴寡，人物殷阜，朝野欢娱。”

隋炀帝杨广坐拥老皇帝积累的雄厚财力以及国内安定的政治环境，大举向外扩张，一时风光无限，所谓“万国来朝”。

《隋书·炀帝纪》说他“尚秦汉之规摹”，处处以秦皇、汉武的功业作为自己的人生目标。为了在有生之年实现自己的伟大理想，成为历史上的又一位千古一帝，他必须要有所作为。

祁连山海拔近四千米，杨广曾经率军队从这里穿过，他是中国第一个也是唯一一个到过西部的帝王。据史料记载，隋炀帝曾在燕支山大设宴席，款待高昌王麹文泰及西域——二十七国来朝见的大臣和使者，来自武威、张掖等地的许多仕女百姓也盛装出席。各国商人云集张掖进行贸易，“丝绸之路”重新繁荣。

过招几回，虞世南就深知隋炀帝为人复杂多面的性格，伴君如伴虎，察言揣摩一番后总结如下：杨广性格张扬，霸道，唯我独尊。喜好读书，文学造诣也颇高。杨广任扬州总管时设置的王府学士达百人之多，命这些人进行有关文史的修撰工作，直到登上帝位，前后近二十年。自负的隋炀帝在文学方面也不允许别人超过他，著名文士薛道衡和王胄正是因此被杀。

有时看来，杨广一派狂妄中又透露出天真，着实让人又好气又好笑。

而追根究底，一个过度自负之人背后每每隐藏着不为人知的不自信和多疑！

因为猜忌心重的缘故，杨广很害怕江南文人在他背后随意的评论，竟然特意去学了江浙话。有一次隋炀帝半夜摆酒，抬头看星象，对萧后说：“外间有不少人算计我，不过我不失为长城公陈叔宝，卿也不失为沈皇后。我们姑且只管享乐饮酒吧！”然后斟满酒杯喝得烂醉。他还曾拿着镜子照着自己，回头对萧后说：“好一个头颅，该由谁斩下来？”萧后惊异地问他为什么这样说，炀帝笑着说：“贵贱苦乐循环更替，又有什么好伤感的？”

因着这个缘由，又有前车之鉴，可以猜到睿智的虞公为何每每在隋的奉和诗中自谦到如此地步！

秘夏图，会稽山，在冬去春来的历史风烟中，我们或许会淡忘那位才华绝伦的翩翩虞公子。但鸟归衔芦、暖景春江的幽远仙境，依然会隔着沧海桑田，在彼岸岁月中落尽繁华。

十七　从军行二首（一作拟古）

其一：

涂山烽候惊，弭节度龙城。冀马楼兰将，燕犀上谷兵。

剑寒花不落，弓晓月逾明。凛凛严霜节，冰壮黄河绝。

蔽日卷征蓬，浮天散飞雪。全兵值月满，精骑乘胶折。

结发早驱驰，辛苦事旌麾。马冻重关冷，轮摧九折危。

独有西山将，年年属数奇。

其二：

烽火发金微，连营出武威。孤城塞云起，绝阵虏尘飞。

侠客吸龙剑，恶少缦胡衣。朝摩骨都垒，夜解谷蠡围。

萧关远无极，蒲海广难依。沙磴离旌断，晴川候马归。

交河梁已毕，燕山旆欲挥。方知万里相，侯服见光辉。

——《从军行二首（一作拟古）》

都言唐朝是中国历史上一个最意气风发的时代，今天我们要赴的，是一场在唐诗中寻找行走的荷尔蒙的豪情之约。

当大唐与出塞诗接吻，便化出满地繁花。

唐朝是边塞诗的鼎盛时期，边塞诗也是当时最主要的创作题材，它深深凝聚成了唐诗当中思想性最深刻、想象力最丰富、艺术性最强的一部分。《全唐诗》中有约五万首唐诗，其中边塞诗就占了两千余首。虽然诗歌数量不多，但公认最能反映“盛唐气象”的，恰恰是边塞诗。那些洋溢着浓浓雄性荷尔蒙气息的诗句，会让哼着“小苹果”的现代人大呼过瘾。

边塞诗的创作贯穿初唐、盛唐、中唐、晚唐四个阶段。由于国力强弱不同，在对外战争中的胜负不同，各个阶段的诗风也有不同。初盛唐边塞诗中多昂扬奋发的格调，中唐前期尚有其余响，而中唐后期及晚唐只有对昔日盛况的追慕以及凄凉现实的哀叹。

本篇为拟古诗，旧乐府题来翻新创作。《从军行》乐府《相和歌辞·平调曲》名，内容多写边塞情况和战士的生活。据《乐府广题》记载，现存最早的歌辞为三国魏左延年所作。自魏晋以迄唐，作此曲者甚多，北周王褒的《远征人》、南朝伏知道的《从军五更转》、唐李益的《从军有苦乐行》等，标目小异，而内容略同，都是由《从军行》演化而来的。唐吴兢《乐府古题要解》卷下："《从军行》……皆述军旅苦辛之词也。"

全诗充满悲壮硬朗的力量，结尾意境高远，光明豪迈。有英雄壮怀激烈的情志，有英雄不问成败的大气和沧桑，既包含了庄子的超越思想，又有儒家追求建功立业的风尚，这是对汉魏以来慷慨悲凉气韵风度的继承。

大唐初年，整个社会弥漫着英雄主义的气氛，与前代相比，唐人有更多的任侠尚武之气，特别是边塞诗人，更是任侠使气，狂放不羁。唐人又有从军入幕和漫游边塞的风尚，从而使得文人士大夫能够亲历边塞，接触边塞生活。唐代制度规定，边帅可以自辟幕僚。《通典》卷三二载，唐采访、节度等使之僚佐，"皆使自辟召，然后上闻，其未奏报者称摄"。这种制度使得那些在科举考场上失利、入仕无门的文士，有可能通过入幕而释褐。而唐代科举考试中，又把"军谋宏远，堪任将率"一科与选拔政治人才制度并列，这极大地引发士人对边事军情的关切。王谠《唐语林》评论道："游宦之士至以朝廷为闲地，谓幕府为要津，迁腾倏忽，坐致郎省。"

同时最高统治者积极有为的军事思想，使得士庶阶层普遍有昂扬的志气，普遍有建功立业的热情。东北、西北、西南这些相对多事的地区，唐朝的最高统治者都不曾纵容，进行积极的经略，寸土必争。唐太宗因为征服诸多突厥部落，被尊奉为"天可汗"。唐人无不为此感到自豪。强大的国防实力和高度自信的时代风貌鼓励着众多文人投笔从戎，建功立业的壮志和"入幕"制度的实施刺激着大家赴边求功。所谓"功名只向马上取，真是丈夫一英雄"也！在唐代，写边塞诗是一种时代风气，也是一种普遍题材，几乎每一个诗人都写过，那些没去过边塞的文人也会跟风去写边塞诗。

诗的开头六句为第一段，写出征时将勇兵强的军威。其中“剑寒”二句有人曾指出是从隋明余庆《从军行》中的“剑花寒不落，弓月晓逾明”两句化用而来。只是将每句的二、三两字颠倒而成。这样以花、月喻剑、弓，便更加突出主题：上句言剑上霜凝如花，更显得寒气逼人，同时以剑能知寒而把剑拟人化，真是用心良苦。下句言张弓如晓月，似乎使月色愈加明亮。“凛凛”以下六句为第二段，写塞上之景：深秋严霜时节，黄河冰冻，出征部队迎着风霜，军容整肃地向敌人方向进发，写得刚健自然。“结发”以下六句为最后一段，回顾从军以来的种种艰难险阻，突出了军旅生活的艰辛主题。作为一个从陈隋诗坛走过来的宫廷文人，虞世南能写出这般雄浑大气的诗，实属难得。因此，刘开扬先生在《唐诗通论》中给予他很高的评价：“这首诗写得英爽而又精工，堪称独步。”

虞世南的诗不仅具有南方江左诗风的清新绮丽，同时又具有河朔关陇诗歌的刚健耿直，山东诗歌的沉稳儒雅。关于江左和河朔诗风的融合，魏徵当时在《隋书·文学传序》中曾提出这样的诗歌理论：“若能掇彼清音，简兹累句，各去所短，合其两长，则文质彬彬，尽善尽美矣。”按照魏徵对诗歌的理论标准评定，虞世南的诗歌似乎已经达到尽善尽美的程度。

无论古今，诗歌最主要的作用是“抒情达意”。拆开来说，就是“感情作用”和“社会作用”。任何一首诗歌，其核心一定要表达某种情志，但同时也通过这种表达承担了很多社会功能。就像孔子说“兴、观、群、怨”，“兴”就是感发性情，这是情感的作用，而“观、群、怨”都是关于诗歌的社会作用的。

诗人对于宇宙和人生，要观察体会，了解领悟，便要“入手其内”，到生活中去。同时，还要能突破自身狭隘的眼光，能“出手其外”，站得更高，超以象外，得其环中，能排除私欲、功名等障碍，将客观的本性体察领悟出来。

虞世南的边塞诗承前启后，是岑参描写奇异边塞风光的先锋，亦是盛唐高适描写边塞诗的参照。他的边塞诗光明豪迈，一扫南朝的浮靡之气，开启了盛唐边塞诗的豪迈之音。

剑锋的光芒在寒冷的季节里愈加明亮，在黑夜里守城士兵的弓箭箭锋与月色一起闪烁，寒冷与月光、武器联系在一起。遮天蔽日的是随风飘扬的蓬草，漫天遍野的是纷纷飞雪。关塞的寒风冻住了战马的前行，战车的车轮损坏都无法改变重要物资秘密通道的危险处境。

这句"冀马楼兰将，燕犀上谷兵"，引出了一个神秘的国度——楼兰国。楼兰其实是一个与伟大的唐王朝毫不沾边的西域小国，今位于新疆巴音郭勒州南，这个名字只存在于西汉昭帝元凤四年（前 77）以前。但唐朝的边塞诗人却颇有点楼兰情结，西汉时期的楼兰国位于罗布泊的西北岸，是汉人的商队、使团、军队西出玉门关后到达的第一个西域国家。因为位于交通要冲之上，更夹在西汉王朝和匈奴汗国两个超级大国之间，楼兰这个兵甲寥寥的小国自然处处受气，只能谁更强大就依附于谁。

到南北朝时期，中原大乱，北魏政府派兵击破鄯善国，将它变为自己的一个郡县。至此，楼兰（后改名鄯善），彻底从历史上消失。

看到这句"涂山烽候惊，弭节度龙城"，我想到在唐人诗中，多有龙城一词，如王昌龄《出塞》诗中的"但使龙城飞将在，不教胡马度阴山"。龙城一词，虽可指敌方之城池（或曰巢穴，因匈奴为游牧民族，并无城池），然亦可指敌方之阵地（多指边城），即为匈奴祭天之处，其故地在今蒙古国鄂尔浑河西侧的和硕柴达木湖附近。匈奴不断出现在唐诗宋词中，这能够理解。毕竟，在数百年的时间里，这个北方草原上的游牧民族都是华夏民族最强大的敌人。尽管到了唐代，在中原地区的匈奴早已不复为一个独立的国家，甚至其种族都在不断加深的民族大融合中逐渐消失。但唐朝的诗人们还是喜欢将它作为自己诗歌中最大的假想敌，即匈奴国。

"方知万里相，侯服见光辉。"虞世南把出塞边疆的目的直接指向建功立业，为国为君，这是盛唐气象形成的终端。虞公作为一介文官，虽未能亲历沙场，但始终掩盖不了他文弱外表下的铮铮傲骨，忠肝义胆。

由于时代积习，虞世南的边塞诗还未完全摆脱整饬精工的宫廷诗的束缚，但他能在体式束缚下将边塞诗写得如此豪迈，不少诗句的构思别致而被后唐诗人袭用，足见虞公的开创之功。

当散发着想象力的诗句流经充满激情的墨客之心，一切俱成金戈铁马。

十八 结客少年场行

韩魏多奇节，倜傥遗声利。共矜然诺心，各负纵横志。
结交一言重，相期千里至。绿沉明月弦，金络浮云辔。
吹箫入吴市，击筑游燕肆。寻源博望侯，结客远相求。
少年怀一顾，长驱背陇头。焰焰戈霜动，耿耿剑虹浮。
天山冬夏雪，交河南北流。云起龙沙暗，木落雁门秋。
轻生殉知己，非是为身谋。

——《结客少年场行》

江微凉月光，今年的深秋似乎来得早些，着一袭红衫行走在定水寺边的竹林，微有寒意。待在静若琥珀的时光里，耳畔却飘过飒飒风声，似有喃喃语声。那些远远近近的低吟声，便断了又续。我想拨开朦胧的月色来寻你，却被幽怨的古琴声所撩拨，是你吗，伯施，你从未忘却的，正是那段枕湖而居的岁月，还有少年意气的壮志未酬。

当细细品味虞世南的书法狂草作品时，你会为他在这首诗中的千古文人侠客梦所震惊。

在我看来，古今多少《结客少年场行》，此作真是冠首！

都言虞氏书法珠圆玉润，却不食人间烟火般纯净。而在我看来，非也。就像这首侠义之诗，既富有年少意气奋发之气韵，又不流于建功立业的世俗，更重要的是它摆脱了梁陈文章的浮艳轻靡。

"结客"一词，流行数千年。简单点说，就是一群小青年，结伙行侠仗义。是曹植将此词写入诗中——"结客少年场，报怨洛北邙。利剑鸣手中，一击而尸僵。"这之后，"结客少年场"就连为一词，专指少年结任侠之客，因为身世性情相仿，又同为疾恶如仇，大家聚在一起，义结成天涯客。

英姿飒爽的少年们，身配深绿色的弓弦，金鞍骏马交游天下有志侠义之士。可还记得，有经天纬地之才的伍子胥曾过着流亡乞食的生活，后被公子光赏识起用；荆轲之友高渐离因在筑中置铅以刺秦，未果被害。即使沉沦过，内心仍笃定信念。博望侯张骞出使西域，时刻准备着赴边立功。只要君王一垂顾，他们便会义无反顾地奔赴战场，肝脑涂地、流血野草亦在所不辞。寒夜辉月下，刀光剑影映照着游侠儿矫健的身影，强弓劲弩尽显少年侠士的身手。

天山无论是冬日夏日都会飞雪，交河向北流淌着。云从漠北边塞升起，雁门关的秋日草木早已凋零。艰苦的边关生活并未消损侠士的斗志和豪荡气魄，轻生殉国并非只是为了邀功，更非为了名利，而是当初的诺言，知遇之恩，一生九死，亦是落子无悔。

游侠之人并非久居人上，即使身处逆境，胸中仍怀一股不可磨灭之气。

一曲壮歌抒豪情，这是虞公最为体现忠义情怀的一首五言诗。其首联概括全篇之主旨，游侠的精神在“奇”，奇在其轻身重义、奇在其“遗声利”　“非是为身谋”上，与尾联相应。而后尽叙侠客之态，承首联之“奇”而启尾联之“殉知己”，全篇气脉流转、悲壮英豪之中不乏有清新雅致之音。

《结客少年场行》引自乐府旧题，全诗的艺术匠心，体现于对武侠精神的内涵升华。相比于鲍照的市侩气，庾信的闺阁气，沈炯的质朴气，虞公的这首作品独呈风骨，悲壮英豪之中更兼具清新雅致之音。

其言必行，其行必果，已诺必诚，不爱其躯，赴士之厄困。

游侠情怀，士为知己者至死不悔，轻生重义，同样是虞公境界层面的另一种诠释。与君，与友，与家国，赤子之心，从未更改。

忆当年，同样的翠竹月光，一纸诏令，虞公即将踏上征程。家乡池边的夏荷谢了又开，即使再不舍，都得赴任建安王府。本以为这就是一世了，却不知，冬去春来，当掌心的时间沙漏一遍遍碾过诗词的韵脚，痛了的不仅仅是期盼。再绮丽的辞藻也描不出江湖风尘和塞外风霜。每日誊抄着案几上的军事公文，虞公的思绪却早已遨游在"天山冬夏雪，交河南北流"。此刻的他，身兼文职，内心依然难隐报国侠客梦。若可以，他定然会选择一袭白衫，一骑绝尘，剑啸九天浮沉，塞外马踏星月。

谁人不少年？虞公亦是。彼时的寒窗苦读，彼时的壮志凌云，都曾在一场场的侠客梦中肆意绽放过。策马仗剑、身负行囊、游走天涯，身不由己，最终无奈将一腔郁愤孤独寄情在诗中、狂草书法中。

虞公内心是很明朗豁达的，赤子之心从未更改过。于陈武帝、隋炀帝、唐太宗，一般忠心，即使知君不待我，我亦侍君如初。轻生殉知己，非是为身谋。弱不胜衣又如何，虞公自带侠义之念，开启忠比金坚模式。

季布无二诺，侯嬴重一言。重然诺必定轻生死。君王可还记得，忆当初，虞公在殿前作诗示忠心，季布无二诺，虞公亦别无二心，感念君恩，非是为身谋、遗声利。

一直都觉得让虞公做宫廷诗，简直是无声的摧残。幸好，终于出了首能让心灵见阳光的佳作——咏侠诗来，要不真要憋出抑郁症来不可。

读虞世南的诗，会让人在他极其精炼传神的文字里，仿佛置身于韩魏，与诸多节操奇伟的少年们一起，结拜重诺，快意江湖。

山河不足重，重在遇知己，何况虞公。他以侠自许，侠士心即是诗人之心，渴望知遇甘霖的滋润，若能遇上明主相惜相赏，也不枉来这世间走一遭。

十九　相和歌辞·怨歌行

紫殿秋风冷，雕甍白日沉。裁纨凄断曲，织素别离心。
掖庭羞改画，长门不惜金。宠移恩稍薄，情疏恨转深。
香销翠羽帐，弦断凤凰琴。镜前红粉歇，阶上绿苔侵。
谁言掩歌扇，翻作白头吟。

——《相和歌辞·怨歌行》

檀郎，春风十里不及你的怜爱。

最早结识宫怨诗，要属诗经小雅里的《白华》：

白华菅兮，白茅束兮。之子之远，俾我独兮。
英英白云，露彼菅茅。天步艰难，之子不犹。
滮池北流，浸彼稻田。啸歌伤怀，念彼硕人。
樵彼桑薪，卬烘于煁。维彼硕人，实劳我心。
鼓钟于宫，声闻于外。念子懆懆，视我迈迈。
有鹙在梁，有鹤在林。维彼硕人，实劳我心。
鸳鸯在梁，戢其左翼。之子无良，二三其德。
有扁斯石，履之卑兮。之子之远，俾我疷兮。

分明是声声怨，字字悲，忽然觉得，比起现代咋咋呼呼的女子来，古代女子着实要委婉抒情的多。连声讨哭泣，都会让人生出梨花扑面的柔软心来。

凄冷的秋风穿过宫殿，孤绝的落日沉下屋脊；裁剪纨素时剪出的是断肠之曲，织出的是一颗离别之心。为承君欢，愁煞几多娇娇女儿心。昔日王昭君被画师毛延寿丑化，而不得面君，铸成千古情憾；陈阿娇为挽留君心不惜千金买赋表痴心。纵然如此，依旧改变不了君主宠幸转移，恩泽变浅；我的痴情也随之疏减，恨意加深。不是说爱的背面就是恨吗，情深不寿，即使不寿，我都无怨无悔，只需你一心对我。袅袅沉香在织着翠羽的罗帐前销陨，素日里来最爱弹的凤凰琴弦也断裂了。谁晓得妾的命运犹如这把团扇，夏用秋藏，也会有被抛弃的一天。

君王呀，你都不会看到寂寥夜晚我默默思念垂泪的哀痛。女为悦己者容，你对我的爱已不复存在，妾又何必"对镜贴花黄"。翌晨，坐在镜前细看，昔日的红颜不复，你数年不曾移驾临幸而踏上的台阶上，青绿的苔藓茂盛，又有谁知道曾经掩扇唱出的羞涩歌曲《团扇诗》，而今化作白发苍苍的悲吟。

这首诗用三位风华绝代的女子之背弃遭遇来诉说怨怅：王昭君不肯贿赂画工，被丑化而远嫁北蕃；陈皇后被冷落后，用千金求司马相如作赋，也没能使武帝回心转意；班婕妤入冷宫后赋《团扇诗》抒发怨恨，感叹红颜薄命，佳人失时的不幸。

《怨歌行》是汉乐府古辞，最初见于南朝的《昭明文选》和《玉台新咏》。乐府诗集将其收入《相和歌辞·楚调曲》。

七宝画团扇，灿烂明月光。与郎却暄暑，相忆莫相忘。

念及桃叶的《团扇歌》，心中不免升起千古风雅来。有学者言，古时女子的情物有二，其一为玉簪，再者就是团扇。

小小团扇，却是古时文人墨客的怀袖雅物，亦是女儿家的贴身之物。

古人爱寄情于物，团扇雅称为合欢扇，赋予它情义的同时更赋予它灵魂。团扇是女人的魂，中国人爱说"美人团扇"，"团扇，团扇，美人病来遮面"，几乎在每一首《团扇歌》里，都会有一位或隐或现的美人，或拂面，或低吟，或浅笑；在每一面扇画中，都有绝美到令人唏嘘的爱情绝唱，或思慕，或叹息，或沉醉。

团扇是雅的，雅到哪怕你荡舟，都有杨柳为之伴舞。

团扇是秀的，秀到不用浓妆艳抹，自有一番风姿在上面。

团扇是灵的，灵到她总是贴着你的心扉倾诉，总有绵绵的情思道不完、说不尽。在文人画里，一切都在情不自禁地轻轻飘动着。

团扇是广阔的，岂止在视觉感受上，从题材、内容到形式都在自由组合中与审美达成了会心一笑似的默契和经典。

此刻，不免让我想起另一位才貌俱佳的女子来，她就是桂花花神——徐惠。

生女当如徐惠，不仅是唐代家长的感悟，亦是现今家有千金的教科书。

美而慧，慧而明，不攀衍，不依附，懂人情，知进退，实乃世间少有。

徐惠出生于公元627年，是如今的浙江省长兴县人。《新唐书·徐贤妃》（卷七六）载："太宗贤妃徐惠，湖州长兴人。生五月能言，四岁通《论语》《诗》，八岁自晓属文。"李世民听说后便召徐惠入宫，立为"才人"。

此时我的脑海里不得不蹦出刘晓庆版的电视剧《武则天》里的一个情节来：

黛玉般羸弱的徐妃倚在门内对垂首站在自己面前的武媚娘说："论起来，你的姿容还在我之上，可知皇上为何对我眷顾？"这正是武则天百思不得其解的地方，于是她低下头，恭敬地请徐惠指点，徐惠叹道："以才事君者久，以色事君者短。"此话出口，武媚娘如当头棒喝，默立许久，才轻声告辞离开。

史学家曾断言：若是徐惠再有点野心，当时的女皇之位非她莫属。因为她的治国才能与胸怀已然远超诸多男子。

徐惠的淡泊之心，亦是她的难能可贵之处。

李白《妾薄命》中有四句为红颜嗟叹："昔日芙蓉花，今成断根草，以色事他人，能得几时好？"芙蓉花与断根草，红颜与白发的转换，原本不过是瞬间之事。

恰恰后宫的女子们，大多都是靠美色来赢得皇上欢喜，而徐惠不只是有美色，而且还很有才华。她和唐太宗之间一直是靠精神世界来相互吸引：一个懂得欣赏，一个懂得回应，所以感情甚好，夫妻情深。

若说女子，只剩下美貌被爱恋，全无思想的攀附，很容易让人厌倦；红颜老去那日，就不免被人抛却或小觑。

一个有趣的灵魂，是最高级的性感。

就像作家蔡澜的一句话：美，的确很占便宜，但是短暂的很，不会做人的话，一下子便生厌。

与宫女们怨的冷落和绝望相较，出自仕子们之手的绝美宫怨诗所怨的对象都是一致的，即是至高无上的皇帝。相和歌辞，假借怨妇之声隐晦的抒发诗人的内在情怀，或许只为博得皇帝的同情和怜悯，这是初唐士人无可奈何的乞怜之态。

换做我是虞公，也会隐隐担心与君王的相处之道。眼前的宠臣恩重，并不代表一世常存。都言花无百日红，况且自己又是忠言耿直之辈，恐只待得弦断凤凰琴。

对于淡泊明志的虞公来讲，圣宠倒是其次，他都能恪尽己守，于君于己，虞公有大悲心，却无功利意。但深谙《易经》之道的世南心里跟明镜似的，他怎会不知这是君王的制衡之术。无论是治人亦是治国之道，赏罚分明，恩威并重，过犹或不及都是有残缺的，平衡才是最佳方略。言止于此，在强大的对手面前，适当的示弱乞宠，其实是一种自我保护，不仅适用于后宫，同样适用于君臣相处之道。“飞鸟尽，良弓藏；狡兔死，走狗烹”的道理他还是懂的。

说起为君之道来，就不得不提提虞世南写给唐太宗的《帝王略论》来。

《帝王略论》是一部记帝王之事略、论帝王之贤愚的著作，其价值不在于“略”而在于“论”。它是我国史学史上较早的系统评论历代帝王的专书，以问答形式评述了上自周文王下至隋炀帝的历代帝王的性格、品德、学识和贤愚得失，甚具卓识。

“览前王之得失”“以古为镜”，此书为当时的统治者提供治理国家的经验教训和治国方略，是《帝王略论》撰写的指导思想。可以说《帝王略论》是用一问一答的新颖形式撰写的最早的一部有关历史评论的专书，并对中唐以后的通史撰写和历史研究产生了重要影响。因而，它就不仅仅是初唐史论的代表之作，而且在整个唐代史学发展过程中，进而在唐朝以后整个中国古代史学发展过程中，都应占有不可忽视的重要地位。

据学者推断，《帝王略论》的撰写时间“盖在秦府时”。书撰写于李世民即位之前，当时唐刚刚建立，边疆尚有强敌，中原内部不稳，李世民迫切需要总结历史经验，寻找治世安邦之良策。《帝王略论》以“商略古今”、论“古帝王为政得失”“追述往古兴亡之道”，适应当时的形势和李世民的需要。加之虞世南与唐太宗特殊的君臣关系，《帝王略论》对唐初的政治产生了不小的积极影响。

佳人们怨的是冷宫清寂恩宠不再，而虞公只怨恩重受不起君王的一片厚情相待。古来圣贤皆寂寞。虞公又何其有幸，得以遇见知己般的明君，不必再感叹“谁言掩歌扇，翻作白头吟”。

二十　相和歌辞·中妇织流黄

寒闺织素锦，含怨敛双蛾。综新交缕涩，经脆断丝多。

衣香逐举袖，钏动应鸣梭。还恐裁缝罢，无信达交河。

——《相和歌辞·中妇织流黄》

去年春，杨柳岸，晓风残月，你离别的诗，清清浅浅刻在我的眉间，荡入眼底。素笔深深，光阴将思念开成了一朵清丽的花。千年以后，谁还会忆起那朵别离花。一向年光有限身，等闲离别易销魂。

一入长安深似梦，离别是一种宿命，无痛无悔。即使身在塞外，灵魂永远不会失去家园。等不来一纸书信，却惹得洛阳牡丹依旧艳丽，捻细春风，读哭瘦弱，写尽玲珑，吟白岁月。

在一片雪花中坐禅，往事刻在冰面，会褶皱冬天。扫尽门前寒雪，等梅开，等君来，半窗疏影，低低絮语。无心红妆，蓬蓬鬓发，簪不住荆钗，粗衣布裙，还是嫁时缝制。我的郎君，你何时可回？

这一年冬季特别冷，长安城街头也清冷了许多，男丁们都已被征外出御敌，剩下妇孺在家默默等待，翘首以盼。

初唐刚统一的帝国又开启了开疆拓土丝路争雄的宏图，将士们在沙场挥戈破月氏、生擒吐谷浑的时候，他们的母亲和妻子正在灯下以缝针和剪刀与他们并肩战斗，用细细的线厚厚的绵把千里之外的寒暑冷暖紧密地连在一处，也把拳拳之心殷殷之情系在一起。帝国上下洋溢在一派豪迈洒脱自信之中，从庙堂到江湖，以独特的气质与风骨开启新的时代。这些衣物里无不饱含着母亲密密缝进的慈爱，还有别妻迟迟恐归的情怨。披挂着亲人刀尺裁缝的征袍，积极进取的壮士们，无不士气大增，壮怀激烈。

在"天可汗"李世民的军事战略感染下，使得士庶阶层普遍有高昂的志气，建功立业，投笔从戎的热情和行动。虞公也不例外，虽身在宫中，心也飞往塞外，借织妇以喻自己的拳拳报国心，写下《中妇织流黄》的律诗来，不假雕镂，自然情致。

寒闺织素锦，含怨敛双蛾。综新交缕涩，经脆断丝多。
衣香逐举袖，钏动应鸣梭。还恐裁缝罢，无信达交河。

风雪飘零的闺房小轩窗里，是你在梳妆吗？那闪闪的灯火也冻得微微颤动吧，幽闺之人的寒影怯怯地浮在窗棂上，纤瘦的身躯弯如满弓，并不想如窦娥般蹙眉深锁，只是心中的幽怨思念无处倾述：长年戍边的亲人还健康地活着吗？每天吃得饱吗？身上的棉衣能否御寒？这一切，都让思妇担心、牵挂。思妇赶在鸡鸣前就早早起床梳洗完毕，机械地坐在织布机前，不知是粗布素线的质量太差弄断原来的线段，还是思妇内心焦急，因脆而断裂的竟然如此之多。鸣响的布梭应着摇动的金钏声，调丝、绕腕、举袖、牵衣那一套完整的工序，在绣女的眼下得心应手，即使能顺利完成，而思妇恐怕也赶不及送到与突厥交战的丈夫的手中。

此作为虞公又一首带有报国情怀的拟乐府诗的五言律诗，以其刚健崇高的审美风格，实现了对于六朝宫体绮靡诗风的变革，别开奇特雄伟的意象方式。相对于南北朝徐陵的思妇作《中妇织流黄》，萧纲的落晖织妇图《咏中妇织流黄》，虞世南之作磅礴大气，可壮，可哀，可怨。写小家之爱可以是“含怨敛双蛾”，写大家之情亦可“无信达交河”。角色转换自如，以小观大。织女之怨，征夫之愁，虞世南又一次将这些陈旧的要素巧手剪裁，化腐朽为神奇，具有了全新的蕴意。

“综新交缕涩，经脆断丝多”，虞公若非深谙织锦的繁琐和艰辛，何来如此贴切之描绘。忆起曾经贫而佣书养亲的岁月，兄弟俩虽才学绝伦，但也不得不因困顿俯身低就。每每佣书至深夜，虞公都能听到妻子在昏暗的油灯下，织布踏板的摩擦声，为了赶时间织完一匹，熬夜便是家常便饭。很多时候因为新置的提综杆比较粗涩，会割断经纱而影响效率。望着妻子布满红血丝的双眼和满手老茧，虞公都会陷入深深自责中。所以他更能体会到织妇为给远征的丈夫赶制一件棉衣，其中所要付出的艰辛。一丝一缕，一针一线，都饱含着思妇的牵挂和对战争的怨忿。

最是这两句“衣香逐举袖，钏动应鸣梭”，既有织锦图的画面既视感，又不乏音韵美。这不得不让我想起前朝某些诗人对女性形体美的畸态崇拜，幸好虞世南的写法已然完全脱离隋制宫廷诗的低级无趣，既在规矩内，又能跳出三界外，引领高尚大道。

我不禁想起李白的那首边塞诗《子夜吴歌》：

长安一片月，万户捣衣声。
秋风吹不尽，总是玉关情。
何日平胡虏，良人罢远征。

长安城上一片明月，千家万户都传来捣衣之声。秋风吹不尽的是，思妇们对玉门关外的绵绵的思念之情。何日才能扫平胡虏，夫君从此不再远征。战争虽给人民带来无尽的愁苦，但大唐百姓深深懂得，平定边患才能迎来家人的团聚，只有国家安定，家庭才能美满。

作为盛唐诗人，李白一生都渴望报国，渴望建功立业。在这首边塞诗当中，更是直观的表达出了自己的心愿。

边塞诗之所以在初、盛唐兴起，与大唐帝国疆域的阔大，边事的频繁和整个大唐社会的积极进取精神息息相关，此外，还与诗歌本体演进的需要有关。初唐、盛唐诗歌有两点值得关注，一是在诗体形式方面，近体诗的精神占据了统治地位，其二，则是需要实现对于六朝绮靡文风的反拨，从而展示盛唐诗歌的那种阔大恢弘的胸怀境界。

由初唐而盛唐，实际上也是由两个线索，两个似乎矛盾而又相互依托的线索交织而成的：一条是由永明体、梁陈以来近体诗诗体形式的渐次成熟的演进；另一条，是对于齐梁华彩文风的反拨。初唐在接纳近体诗格律的同时，呈现着对于六朝绮靡风格的反拨过程。这种反拨，首先表现在对于雄奇诗风的刻意追求上，从这个视角来看，边塞诗就不仅仅是唐人疆土阔大的外在表现，而且成为初唐盛唐诗歌批判唯美诗歌思潮的有力武器。于是，初唐诗在浸淫绮靡文风的同时，出现了虞世南“洗濯浮夸，兴寄独远”的诗风一体。

自古以来，一将功成万骨枯。战争历来给人类带来了深重的灾难，或许对于君王来说，战争中的死亡，只不过是一个数字而已，但却让百姓陷入水深火热之中。宁为太平犬，不为乱世人，老百姓们的愿望其实很简单，那就是现世太平，安居乐业。

就像虞世南在这首诗中展现给我们的诗魂之妙，感慨于中妇织锦、惆怅哀怨；期盼于国泰民安、风调雨顺。

二十一　奉和至寿春应令

瑶山盛风乐，南巡务逸游。如何事巡抚，民瘼谅斯求。
文鹤扬轻盖，苍龙饰桂舟。泛沫萦沙屿，寒澌拥急流。
路指八仙馆，途经百尺楼。眷言昔游践，回驾且淹留。
后车喧凤吹，前旌映彩旒。龙骖驻六马，飞阁上三休。
调谐金石奏，欢洽羽觞浮。天文徒可仰，何以厕琳球。

——《奉和至寿春应令》

生活不止眼前的苟且，还有茶与远方。读书泼茶，倚楼听雨，日子清简如水。

等茶的时光，总是寂静无声。窗外风云交替，车水马龙，内心安然平和，洁净无物。如此清淡，不是疏离尘世，而是让自己在尘世中修炼得更加质朴。

每个骨子里带有文艺范的人，心中都应该有一盏属于自己的茶。此生的所行所遇，离合悲欢之事，收纳归里，缄默，沉淀。也隐隐自知能将其重新开启的，是一个懂的人。无伤即良事，隐淡是修行。万物有言，有时候交心也只需片刻。一如我眼前的这杯寿春的霍山黄芽，它的过往和故事只能说给爱茶的知己聆听。

每个人的心都是一扇小小的窗，开启是烟火俗世，关上便是禅心云水。罢了，有人有誓与红尘同生死的勇气，有人则有静坐枯禅无怨悔的决心。

氤氲茶香袅袅揉进我们的回忆，原来是前世的那场大雨，把我们的记忆都化入山谷溪水，只惹得今生，我们用一盏茶找寻属于我们的前世今生。

说来茶的兴起还要归功于隋炀帝。隋炀帝杨广在江都（现江苏扬州）生了病，浙江天台山智者大师携带天台茶到江都替他治病，得茶而治之后，推动了社会饮茶的兴起。杨广平定江南叛乱时曾拜访过高僧智者大师，对他行弟子礼。智者大师去世后，杨广遵照其遗愿，于浙江天台山修建寺院，赐名“国清寺”，并亲自题写匾额。或许说来，智者与杨广，最初的因缘并不是那么单纯，但是经过智者的努力，终于也得了善终。隋炀帝或许不是一个好皇帝，但是对天台的贡献，特别是在智者圆寂后对天台的护持，是毋庸置疑的。

除了专制贡茶的贡茶院，唐代其他一些重要的产茶地区也将生产的上等茶进贡。这样的贡茶主要出产在夷陵、巴东、云安、汉阴、汉中、晋陵、吴兴、新定、常乐、鄱阳、灵溪、寿春、庐江、蕲春、义阳、芦山等16郡，大体相当于现在的川、鄂、陕、苏、浙、闽、赣、湘、皖、豫等地区。

唐代贡茶的品类，比起后代名目还不算很多，最主要的供产地还是来自寿春的霍山黄芽（寿州）和常州的阳羡。

说起这首诗的名称，先要来普及下关于寿春的知识点。

淮南行台是隋朝为统一江南而建立的一个前线总指挥机构，隋朝统一北方之后，杨广坐镇寿春，发动了消灭陈朝的战争。

寿县古称寿春、寿阳，位于安徽西北部的淮河南岸，东南距离合肥不到100公里，人口约139万。春秋以来，寿春一直是中原通往江南地区的水陆要冲，所谓“控扼淮颍，襟带江沱”，历来也是兵家征伐之地。寿春也因此见证了多个王朝的兴替和世家大族的浮沉。隋朝时寿县改立寿州。唐朝的寿州是江淮之间面积仅次于扬州的都市，人口仅次于扬州、庐州（合肥），非常繁荣。

大禹定天下，淮海惟扬州。直到周天子封邦建国，皋陶的后人在淮水一带立国。春秋争霸，吴楚先后占据此地。楚考烈王，即楚怀王之孙，重用黄歇为令尹，称春申君。考烈王曾经赏赐淮水一带的封邑“为春申君寿”，此地也因而得名“寿春”。寿春成为春申君封地的中心，在诸国之中，声名渐起。后因强秦屡次南犯，楚国在荆襄一带几易其都而不得安宁，不得已迁都江淮之间的寿春，史称“寿郢”。荆楚虽被压缩至淮楚，但城邦规制尤在邯郸、咸阳、临淄之上。公元前222年，即秦始皇大一统前一年，秦将王翦攻陷寿春，项羽之祖项燕兵败自杀。

秦朝实行郡县制，天下共设三十六郡，湖北与江西局部以及安徽江淮之间为九江郡，寿春是九江郡的治所（类似于今天的省会城市）。秦末英布得封淮南王，几经辗转，汉文帝时封刘邦之孙刘安为淮南王。武帝元狩元年（前122），刘安因叛乱而去国，寿春复为郡所。凡此千年，几经更名寿阳、睢阳、寿州等。

隋唐时期南北水运的主要航道就确定在寿春以东，由通济渠（唐称汴渠或汴河）与山阳渎贯穿淮河流域，沟通黄河与长江，东南的物资大都经过这条运河向京师输送。

讲完寿春，不得不再次提及隋炀帝下扬州之事。

隋朝大运河北起涿郡（今河北省涿州市），南至余杭（今属浙江省杭州市），共分四段，从涿郡到洛阳为第一段，名曰永济渠；流经今安徽省内的为第二段，名曰通济渠；从淮河到长江江都（今属江苏省扬州市）一带为第三段，名曰邗沟；从江都到余杭为第四段，名曰江南河。炀帝对邗沟所做的主要工作是整修和疏浚。据史料记载，通济渠的规模是相当大的，其整体效果也非常华丽，重在突出宏阔之美，渠宽四十步，两边都修建了御道（皇帝专用车道），途中栽种柳树，盖离宫别馆四十余座。可以想象，漫步于通济渠畔，两边绿树掩映，时不时就能看到一座富丽堂皇、气势恢宏的宫殿矗立路旁，身为这个国家的统治者，心中该是何等的自豪！继通济渠后开通的一段为邗沟。邗沟早在春秋时就已经由吴国开凿，只不过由于地势上的起伏和技术水平不足的原因，邗沟经常淤塞，流的不是活水。从东晋开始，人们尝试用堤坝对江水进行控制，到隋炀帝时则对邗沟进行了进一步的整修和扩建。炀帝对邗沟所做的主要工作是整修和疏浚。

此诗作于隋文帝仁寿元年（601）夏，太子杨广南巡，虞世南以东宫属官随行。而虞公在寿春留下的诗词笔墨，正是源自杨广计划中的第二段行程，通济渠开通后的观光巡察之旅。世南开句就用周穆王游瑶池比喻隋炀帝巡游江都，虞公最初美好的期望是希望杨广南巡为了体察民情，为百姓求福祉的。当虞公了解到杨广南巡的奢侈且劝谏无效后，才会发出“天文徒可仰，何以厕琳球”的感叹。

现代人看这些天文现象，只觉得有趣，不会大惊小怪。而在古代，人们却相信“国家将兴，必有祯祥；国家将亡，必有妖孽”。所以，一场天象，在古人看来，是了不得的大事。

古人认为，皇帝是“受命于天”的天子，是天象的主要负责人，要想“既寿永昌”，就得接受上天的示警。当出现异常天象的时候，就要反省自己，想办法弥补过失；或者找出导致天象的罪魁祸首，任用或者罢免官员。

虞公在诗中的讽谏非常隐晦，名为自谦中惭愧地对待君王赐予自己的官爵恩宠，实则却是无可奈何的感叹。

无可奈何花落去，似曾相识燕归来。倚在龙舟华丽的栏杆处，虞公思绪万千。没有经历过绝望和心如死灰的人，永远无法体会苟延残喘的另一种解释——向死而生的勇气，苟且也是需要勇气的，特对是对如虞公一样曾吟过“居高声自远，非是藉秋风”的诗人。

秋雨斑驳的日子，是否会撩起我悲秋多情的伤怀来，我不得知，最好希望虞公也不得知，我真不愿意看到他一人独自望天长吁的落寞来。殊不知，他人生的底盘，是有悲与痛作为基调的，余下少有的如意和宽慰，着实不多。

龙船上歌舞升平，夜夜欢愉，外面的世界太喧哗，喧哗到能听闻虞公的松烟入墨之心。曲水流觞，已为陈迹，以回忆为序。

伫时幽思，那时庭花，芳丽痴婉。

“婉儿，婉儿，你可否听到我对你的呼唤？”虞公嘴角略微一扬起，似有泪痕滑落，苦楚悲切。

五磊寺，藏云溪，三生石上缓缓归，赏月吟风待君来。三生石上，铭刻着你我初见时的茫然，当翩翩少年郎遇见秀美小姑娘，注定开启一场痴痴等待的轮回，我永远记得你眉间的那颗美人痣，带着前世的相思泪。

那一世，我为虞家二公子，你为赵家千金；

那一年，我已冠至舞勺之年，你还正值龆年之龄；

那一天，我恍然不知所措，你天真烂漫现萌状；

即使提亲的媒婆挤断了家门，我依然如如不动，等着你长大，等着你赴我们的前世之约，相伴一生的百年之缘。

你终于来了，一双剪水秋瞳，时时蒙着氤氲水气，眉间的美人痣增添了些许妩媚。初见并不惊艳，细细品味，却拥有惊破鸿蒙的感染力。

你是我的结发妻，赵婉儿，少年夫妻，自然情深恩重。你的贤德教养，温柔至孝，伴我度过漂泊动荡的十年。而命运，总是在你对这个世界无比眷恋时，给你无情一击。

长子蒙儿的夭折，颠沛无定的生活，家长里短的操劳，都为你的心力交瘁埋下重疾的种子，我最不愿意放手的你，却在那个秋雨凄凄的深夜，离我而去。

虞公第一次感到"心如死灰不复温"是何意，儿时父亲的去世，当下发妻的撒手，一样的悲从骨生，心空如旷。

曾经沧海难为水，除却巫山不是云。

回忆会拈瘦枯枝，将天地洞悉，听说一行绝句，恍然道原来是你。

婉儿，若你还在我身旁，该有多好。也只有你，会理解我的执着与抱负；也只有跟你，才能说说体己话。

大运河旁的水波荡漾，清澈如镜，虞公仿佛看见婉儿正对着自己微笑，照见他内心的荒凉和伤痛。

大业元年（605）8 月，通济渠和邗沟成功开通。隋炀帝杨广立即下令，沿通济渠和邗沟南下，巡游江南。试想万艘金碧辉煌的艨艟大船，旌旗蔽空，浩浩荡荡行驶在运河之上，岸两旁是皇家随行大队，人沸马啼，袅袅柳树下彩幡飞舞，宫殿林立。这是东亚帝王之国才能有的气象。

隋炀帝南巡江都，沿途州县皆要进贡，就好比现在上级领导到地方视察，地方上的下级领导要负责招待、做向导、指引参观。但是除此之外，隋炀帝杨广还有更高的要求——出行所用的车辇舟船、旌旗彩幡都要用骨角、羽毛等物装饰。天下州县马上调集民力开始找这些身上有可以作为装饰品的飞禽走兽，到最后山被挖空，水被抽干，也没能满足杨广装饰龙舟的需要。

实事求是，南灭陈朝，北定西域，亲征吐谷浑，平突厥，胜契丹，修大运河，建洛阳城，创科举制，每一件都能体现杨广的非凡功绩来。我亦坚信最初的杨广就如虞世南所希冀的，他曾是一个志向远大的人，“慨然慕秦皇、汉武之事”。这一点，在《隋书》里是有据可查的。“炀帝规模广远，欲吞秦、汉，自劳万乘，亲出玉关。”至于这浩大的仪仗和排场，他的出发点当然是想以至高无上的尊严威慑江南。这种做法，与秦始皇以及后来所有效法者同出一辙。其效果，使短短几年，大隋国威远播四海，民族融合，山河一统，为汉武帝以来七八百年间之最。但他好大喜功、穷兵黩武，劳民伤财，最后朝野离心，失控亡国。扬州，从此成为中国历史的转折点，也成了隋炀帝人生的转折点。运河，只是这个转折点一个受累的载体。

时光荏苒，幻化因果。伯施，我曾站在大运河对着来往的船只久久凝望，也在瘦西湖乘着月色泛舟。江南的风景秀美，除了滋润人的性情，也会消磨人的志气。我们满怀激情地幸会扬州，与其兴致勃勃地欣赏那一抹潇潇秀色，不如转过脸去重温一段久远的阵痛。那是隋炀帝的奢，与虞公的痛。

二十二　奉和咏日午

高天净秋色，长汉转曦车。
玉树阴初正，桐圭影未斜。
翠盖飞圆彩，明镜发轻花。
再中良表瑞，共仰璧晖赊。

——《奉和咏日午》

此诗作于唐朝，秋天正午时分，天色清朗，大太阳正悬挂在辽阔的天空中。御花园里的树影子正当中，测日影的铜圭影子也未倾斜。天文官正拿着圭表聚精会神地测量，以确定节气的需要，为百姓的农耕定下时间。国泰民安，长安城一片繁华之象。

在这首诗中，虞公不仅仅是为了应承奉和，而是真正触景生情，有感而发对李世民伯乐之恩的感激和对其勤政爱民的治国方略的无限赞颂。诗人借午日意象抒发自己对君王的仰慕之情，以此颂扬君王，粉饰盛世。

历史上的"贞观之治"妇孺皆知，描述了唐朝初年唐太宗在位期间出现的政治清明、经济复苏、文化繁荣的治世局面。

每个帝王都有自身的局限性，唐太宗是一代明君，却也曾让玄武门染上血腥。唐太宗继承唐高祖制定的尊祖崇道国策，并进一步将其发扬光大，运用道家思想治国平天下。唐太宗任人廉能，知人善用，广开言路，虚心纳谏，并采取了以农为本，厉行节约，休养生息，文教复兴，完善科举制度等政策，使得社会出现了安定的局面。此外，大力平定外患，尊重边族风俗，稳固边疆，最终取得天下大治的理想局面。"贞观"为唐太宗李世民年号，出自《易经·系辞下》："天地之道，贞观者也。"意即以正道示人。

唐朝的强盛给统治者在对外关系上带来了无比的自信，因而唐朝开放程度很高，路上、海上的丝绸之路贸易兴盛，举世文明的“丝绸之路”是联系东西方物质文明的纽带，这条商业通道在唐帝国时才达到它的鼎盛时代。

睿智的唐太宗能够兼听众议，注意纳谏，才有了虞世南的从谏如流，才有了“再中良表瑞，共仰璧晖赊”的由衷抒怀。知我者，莫若君王，更知我者，莫若世南。

不得不感叹虞公对应制诗描摹的细腻，以及能抓住瞬间感受的超凡领悟力。这句“长汉转曦车”，顺手拈来，没有通古论今的底子，根本就不会有如此高超的形象思维。

开头的一个“净”字，真正盘活这首诗，乃是点睛之字。“净”字在南朝时期，多用于佛经，譬如净土。用在此，更显秋色清朗澄明，似有净观空虚之意境。

见异思迁，说的就是我吧，哈哈，一眼瞥见这首《奉和咏日午》，思维立马跳到这首《卿云歌》，相传是舜禅位于禹时，同群臣互贺的唱和之作。

卿云烂兮，纠缦缦兮。
日月光华，旦复旦兮。
明明上天，烂然星陈。
日月光华，弘于一人。
日月有常，星辰有行。
四时从经，万姓允诚。
于予论乐，配天之灵。
迁于贤圣，莫不咸听。
鼚乎鼓之，轩乎舞之。
菁华已竭，褰裳去之。

据《大传》记载：舜在位第十四年，行祭礼，钟石笙筦变声。乐未罢，疾风发屋，天大雷雨。帝沉首而笑曰："明哉，非一人天下也，乃见于钟石！"即荐禹使行天子事，并与俊乐百工相和而歌《卿云》。钟石变声，暗示虞舜逊让；卿云呈祥，明兆夏禹受禅。这一传说故事，充满了奇异神话色彩，《卿云歌》的主题，则反映了先民向往的政治理想。全诗三章，由舜帝首唱、八伯相和、舜帝续歌三部分构成。君臣互唱，情绪热烈，气象高浑，文采风流，辉映千古。在艺术上，《卿云歌》辞藻华美，意境超迈，孕育骚赋句法，足可与《诗经》之《雅》《颂》媲美。

白日意象发展到唐代，使其具有丰富的美学意蕴。体现唐人对浑厚蓬勃之特质的审美追求和"景中情""情中景"的景情互生的多重审美价值。唐代应制诗中喜欢把君王比作太阳，而正午的太阳也常用来颂圣。

这边又带出了一个新名词：铜圭。何为圭？圭表是我国古代度量日影长度的一种天文仪器，由"圭"和"表"两个部件组成。直立于平地上测日影的标杆和石柱，叫作表；正南正北方向平放的测定表影长度的刻板，叫作圭。根据太阳的运动判断一天内的时间变迁，圭表是最早使用的仪器。一根竿子立在地上，可以根据影子的长短和方向判断季节和一天内的时刻。

对于圭表仪器，虞世南比普通官员更熟悉一番。有着先祖虞喜的天文学家传，以及懂得它的原理，在他看来也简易熟悉了许多。

翻阅唐诗集，原来褚遂良之父褚亮，与虞世南同为十八学士的同僚兼挚友，也曾奉和作诗过《咏日午》：

曦车日亭午，浮箭未移晖。
日光无落照，树影正中围。
草萎看稍靡，叶燥望疑稀。
昼寝惭经笥，暂解入朝衣。

史书载，褚亮从小聪明好学，博览群书，无所不读，经目必记，又好作文，尤善谈论。十八岁那年，便径直去造访当时的政坛兼文坛名流陈仆射徐陵。徐陵也真有点博雅之风，竟然接待了他，且与他商榷文章，并对褚亮的文章见识深表惊异。

物以类聚，才子们总是能惺惺相惜，一见如故。譬如世南和褚亮，吟诗作画，不胜欢举。要不，也不会有后来的褚亮之子褚遂良拜师学书法的美谈了。

同用曦车，考究一番，自是世南技高一筹。一个“净”字，直捣诗魂，写尽秋的意境。

于内心而言，虽说在书法历史成就上，褚遂良的名声更胜于他的老师虞世南，但我更看重虞公的书品、诗品和人品。虞公的书及于诗：含蓄缊藉，平实端庄，似如君子藏器，不骄不躁。品读他的作品，你只需静心凝气，却有满室幽香的收获。

而褚遂良则不然，他是一位具有唯美气息的雕刻大师，他用心地处理每一笔画，每一根线条，每一个点与每一个转折……而结果则是，这种刻意却超出了字形以外，看来好像具有一种脱离了形体的独立意义，使点线变为一种抽象的美。他的字中带有天生的慧黠和世故，烟火气十足。就如他在李世民那博得“飞鸟依人，自加怜爱”的美赞一般。一位古代男子竟能博得“小鸟依人”的赞誉，可想其聪明圆滑到极致的思维和表现，真是旷古少有。性格决定命运，最后，一代贞观名相，在武则天事件中落得被贬至死的下场。呜呼哀哉！

《中庸》说：“喜怒哀乐之未发，谓之中，发而皆中节，谓之和；中也者，天下之大本也；和也者，天下之达道也。致中和，天地位焉，万物育焉。”中庸之于世南，恰恰是最好的安排。

二十三　侍宴应诏赋韵得前字

芬芳禁林晚，容与桂舟前。横空一鸟度，照水百花然。
绿野明斜日，青山澹晚烟。滥陪终宴赏，握管类窥天。

——《侍宴应诏赋韵得前字》

唐朝初年早春，御花园内，正值小皇子的满月之喜，唐太宗高兴之余，大赦天下，晚宴重臣。众位皇臣提早纷纷赶来，看看离晚宴时间还早，李世民率大臣们在皇家园林赏花观景。兴致高涨处，令虞公作诗一首，赋韵得“前”字。虞公不假思索，大笔一挥，洋洋洒洒写下这首应诏诗来，唐太宗一看惊喜地念了出来：

芬芳禁林晚，容与桂舟前。横空一鸟度，照水百花然。
绿野明斜日，青山澹晚烟。滥陪终宴赏，握管类窥天。

欢喜之余大赞世南的诗才，称他不愧为徐陵之徒，颇有遗风，并赏赐锦缎一匹。赋韵，旧时作诗方式之一。指作诗时先规定若干字为韵，各人分拈韵字，依韵作诗，也做“分韵”。古代诗人联句时多用之，后来并不限于联句。

诗韵指作诗所押的韵或所依据的韵书。隋时陆法言着《切韵》，共分206韵部，分部太细，不便押韵。唐初规定相近的韵可以同用。南宋时，平水人刘渊编《壬子新刊礼部韵略》，把同用的韵合并为107韵，后人又减为106韵，并称为平水韵，这便是沿用至今的诗韵。唐代实际所用的韵部，和平水韵所编大致相同。

此诗之韵为“前”的韵律，古代没有拼音字母，押韵全凭对字的记忆和熟练掌握程度，因此做宫廷赋韵即兴诗真没有我们想象的那么简单。既要押韵，又要语句通顺，对仗工整，不跑题偏题，用词新颖出彩，诗情积极阳光，诗品高尚。

这是一首五言律诗，对仗工整，类比生动。在唐代人的观念里，从二韵到一百二十韵的五言或七言诗，只要平仄粘缀，词性、句法都成对仗，就都是律诗，一概称为五律或七律。二韵四句的称为绝句。绝句也是律诗，故又称“小律诗”，六韵以上的称为大律诗。

夕阳的余晖洒落在皇城的禁林内，满园溢出芬芳的花香，整个宫苑如穿上一身欲滴的青衣，站在湖旁的归舟前，任清风梳理柳条的长发。那丛燃烧的花朵，是春天最动人的风姿吗？一碧晴空下，飞鸟突现，横亘其中，天空愈发高远，飞鸟愈发自由，照水下百花惊喜般突然间竞相绽放，飞鸟的身影掠过，水面倒影出飞翔的身姿，引得灿若欲燃的蝴蝶纷至飞来。是绿野仙踪吗？将打翻的青色，铺成在清雅的水墨画中，澹出叠叠袅袅的晚烟。为了表达臣内心对皇恩圣宠的感激之情，就让臣借着这良辰美景、华丽宴席，宿醉一场，以管窥天霄的浅陋才学执笔书写一番。

这番静态之中动感的呈现，实乃诗人神来之笔。天然秀颖，不烦痕削。虞公强调的是景象的大气空阔，艺术手法更加自然和神奇。

我想倾述的，是这首诗的绝妙之处：横空一鸟度，照水百花然的“然”字。这个“然”字形容花开的绚烂，颜色及情状的描摹传神生动，令人感叹用词之妙。“然”字是这首诗的“诗眼”，虞公借了这个然字，脱离了应诏诗歌固有的乏味迂腐、无病呻吟，将整篇诗章赋予了颜色和动态，整首诗篇因此跃动起来。

后人岑参的“涧花然暮雨”，欧阳修的“晴日催花暖欲然”，都是“然”字巧用的延续和引申。虽说这个“然”字在魏晋南北朝时期经见，像庾信的“山花烟火然”，梁元帝的“林间花欲然”，而“然”字运用在此处，越发情致动人。

晚烟青山相对，视野开阔，绿野和斜日映衬，衬托出阳光的明媚。青山与晚烟相衬，显示出青烟的飘渺。这首诗的第二绝妙处就属带出这个

"青"字，引得后辈杜甫特别欣赏这两句"绿野明斜日，青山澹晚烟"，直接化为自己《绝句》中的"江碧鸟逾白，山青花欲然"。

唐朝中的那一抹青色，带着淡淡的晚烟优雅了一千年，惹得百花然，飞鸟度。

如果说唐代是一个色彩斑斓的绚丽时代，那么其中最耐人寻味的色彩肯定是青色。

以唐代著名画坛父子——李思训、李昭道为代表的大青绿山水画，以青、绿为主色，山石、林木用石绿、石青层层晕染，形成厚重、大片的色块，金碧辉煌，气势磅礴，勾勒出唐代的如画江山。

《说文解字》言："青，东方色也。"这个解释，带有明显的五行学说的痕迹，所谓东方属木，而草木都是青色，所以青就成了东方的代表。

刘熙的《释名》里说得详细："青，生也，象物之生时色也"。也就是说"青"的造字，主要是取长生之意；"青青子衿，悠悠我心"，有学者考证这衣衫是蓝色；而人们又惯称女子的头发为青丝，这青又近似于黑色。

以虞世南的"绿野明斜日，青山澹晚烟"泼墨的青色，翻开卷帙浩繁的唐诗，更是随处可见青色的影子：李白的"且放白鹿青崖间"（《梦游天姥吟留别》），杜甫的"山青花欲燃"（《绝句二首（其二）》），王维的"素怀在青山"（《瓜园诗》），孟浩然的"屡迷青嶂合"（《武陵泛舟》），一抹青色为唐诗增添了多少诗情画意！

青为静，宁静、安逸、静谧；青为清，清幽、旷达、淡泊；青为禅，禅意、空灵、佛心。

两幅一静一动画面的对比，悠然活泼，严密典雅，精致灵动，不失为应制诗歌中的经典绝句。

话说初唐时期的诗歌，其创造仍然受到齐梁风的重大影响！何止是诗歌，唐代的经学、文学、书法、礼、乐、刑、政诸制度，以及音韵等，均承于南朝，而在唐朝传承南方文化方略的影响上，虞世南的功绩远远不可小视！

唐代政治、文化上最活跃的人物是进士出身者，过去士族在经济、政治上的特权逐步为进士科所取代。进士科最重文学，而重视文学正是南朝的风气。唐代学术风尚的变化也呈现出南朝化倾向。初唐文学盛行“江左余风”，活跃在文坛上的所谓“初唐四杰”，师法的是南朝后期的徐、庾体。直至唐末，南朝以来的文学形式仍旧是文学的主流，唐代书法艺术的南朝化倾向更其显著，隋唐间书法名家，几乎都是南方人。

唐朝上承隋、北周、西魏等北朝王朝系统，而他最初的统治核心亦属西魏当权者宇文泰主导下所形成的所谓“关陇集团”，而唐代的文化却具有“南朝化”倾向，这是一个引人思索的地方。

隋唐间制度、文化中南朝因素占据重要地位，乃是十六国北朝内民族融合进程的必然结果，也是南朝制度、文化的先进性所决定的。

唐代诗人正是以南朝的声色为基础，融入诗人的性情，从而构成意蕴丰富的意象，蔚为盛唐之音。实际上声色和性情的融合或者说形式与内容的统一，是汉唐间诗歌以及文体发展的大势所趋。

初唐时代，当政的文臣多半都是深受齐梁影响的前朝遗老，唐太宗本人对齐梁文风也很爱好。他命令魏徵、房玄龄、虞世南等大臣编纂《北堂书钞》《艺文类聚》《文馆词林》等等类书，其目的之一也是为了供给当时文人们采集典故词藻之用。

虞世南死后，唐太宗曾叹息说：“今其云亡，石渠、东观之中无复人矣！”从这句话，我们就可以看出贞观年间的诗坛，实在比隋代还要空虚。

这次宫宴又让虞公忆起在秦王府做幕僚，登瀛洲的逍遥日子来。盛名在外的十八学士，各个满腹经纶。晴天，李世民一下朝就带领他们骑马围猎，领略大好河山的自然美景；雨天，秦王与他们在府中饮酒作诗，下棋泼墨、讨论古籍。那时的秦王，虽势力不弱，但也是费劲周折才挖到这批顶尖人才。要知道，同时跟他抢的还有兄长李建成。太子李建成的智囊团更是不容小觑，所以李世民对能舍弃太子的盛邀而进入他麾下的学士们，格外看重和珍惜！特别对于虞公来讲，痴迷王氏书法的李世民，简直就是书法狂热爱好者。每日在王府练习书法的时间远远超过对其他六艺的钻研，同时每每要虞公在旁作陪指导。对世南来讲，收了这么位勤奋好学的"贵族子弟"，又是自己最擅长喜爱的技艺，同时能享受锦衣玉食的逍遥生活，自然是他这一生最得意称心的时光。

如今，虽在京为官，实现了一个文人最大的愿望，但毕竟是在长安，天子脚下当值，伴君如伴虎，稍有不慎，荣辱生死就在一瞬间。谨慎细微如世南，即使唐太宗待他一如往昔，也不敢放松戒备。此句"滥陪终宴赏，握管类窥天"，在我看来，不是虞公太过自谦，而是他内心真实的写照。

绿野明斜日，青山澹晚烟。往日种种荣耀富贵，都如过眼云烟般在眼前逝去，此刻以及往后，在虞公心念中，期待一切永远是青山晚烟的空寂宁和。在无穷无尽的山水曼妙中品味生命的无常和真谛。荣宠过，富贵过、失意过、悲伤过、爱过、恨过，人生已趋于圆满，这般就好，太过圆满的奢望，会演变成水满则溢的衰败。

《周易》：上九，亢龙有悔。若是我们不去追求太过于圆满的梦想，太过于高攀的目标，就不会有物极必反的悔恨，适中就好，守中即可！

二十四　奉和出颍至淮应令

良晨喜利涉，解缆入淮浔。
寒流泛鹢首，霜吹响哀吟。
潜鳞波里跃，水鸟浪前沉。
邗沟非复远，怅望悦宸襟。

——《奉和出颍至淮应令》

一直都固执地认为，我与扬州是极有缘分的。难道就因这千丝万缕的浅念，或是我对虞公足迹的追寻，牵引着我再次与你相会，直至流连忘返。佛言：所有的相遇都是久别重逢。我想，我必是应了前世的许诺，才会对你这般眷念，等待着把一世闲情都浸润到骨髓里。

江南好，此生只合江南老。扬州好，城里半园亭。吴侬软，不及运河醉。江南园林妙就妙在不出城郭而有山水之怡，身居闹市而有灵泉之致。曲曲景致就如通往人内心的园林，似一幅洇染的山水写意徐徐展开。

夏日的扬州古城略带丝丝雨意，对急于奔赴目的地的我们来讲，该是喜忧参半。友人说：真羡慕你能遇上朦胧烟雨天欣赏这吴中美景，这求之不得的意境，好生惬意！若是撑把油纸伞，不是穿越了吗？

扬州素有“州界多水，水扬波”的特点，扬州的水如丝如带，忽而在浅斟低吟的画舫船娘的眼波间，忽而在六月的烟雨里，忽而流入春江花月夜。

“天青色等烟雨，而我在等你。”烟花三月下扬州，若是错过了三月，是否还会有明媚的春景，我不得知，所以来寻你。

经历千年沧海桑田的古运河，我无缘看到你最初的样子，是怎样惊艳了一城的温柔。此时，我只愿放慢我的步伐，我的心绪，来抚平你被时光洗礼的沧桑容颜。

不管我对你的记忆是停留在秦少游的“霜落邗沟积水清，寒星无数傍船明。菰蒲深处疑无地，忽有人家笑语声”；还是柳永的“寒蝉凄切，对长亭晚，骤雨初歇。都门帐饮无绪，留恋处、兰舟催发。执手相看泪眼，竟无语凝噎。念去去，千里烟波，暮霭沉沉楚天阔。多情自古伤离别，更那堪冷落清秋节！今宵酒醒何处？杨柳岸、晓风残月。此去经年，应是良辰好景虚设。便纵有千种风情，更与何人说”；抑或是崔颢的“昨晚南行楚，今朝北溯河。客愁能几日，乡路渐无多。晴景摇津树，春风起棹歌。长淮亦已尽，宁复畏潮波”。数百年来，古运河上有无法计数的人走过，其中许多人是多次往返，无论是白居易、柳永、王安石、秦少游、虞世南，他们的情感是相通的，对于大运河，抛掉隋炀帝的负面影响，那沿途的江南美景及航运作用是不容忽视的。

哲人说过，风物只是介质，心欲才是本质。花语、景语都是读给懂得的那份心，怎不思量，各自思量。就如这缓缓运河，流淌千年，因为懂得，所以安好。

公元601年的夏日，晋王府文学馆内，呈现出一派井然有序的编纂经籍、修撰群书工作气象。此前，晋王杨广已陆续招揽了一百多个江左学士。在他不遗余力“广搜英异”之下，南朝几乎所有知名人物都成了晋王府的常客，包括庾自直、诸葛颖、虞世南等梁、陈旧官文人，对外言帮助杨广学文作诗，实则暗自演绎了养士为政的历史智慧。

被立为太子的第一年起，杨广的晋王府就被迁到东宫，开始着手学习如何成为一名合格的准皇帝。自此，杨广把天赋异禀的演技发挥到极致，在逐渐衰老且心性大变的杨坚面前，杨广只得每日塑造成父亲最喜欢的模样：编书写诗礼佛的正派孝子，这般佯装了几月，终于可以趁着父亲去别宫避暑之际，做回原来的自己，与他的文学社死党们狂欢一番。

隋文帝前脚刚走，杨广就在策划如何与他的学士们来一场说走就走的旅行，以解数月来的压抑苦闷。

“太子殿下是否在考虑重游江都之事？”身边的谋臣杨素还未等杨广开

口，早早替他想到。

“杨御史果真是洞若观火，通透如神，你有否好的建议？”杨广不免对杨素更是另眼相看。

杨素继续说道：“臣曾听闻陛下谓天下一统太平皆是佛教之力，遂建灵塔，诏文曰思与四海内一切人民俱发菩提，共修福业。太子殿下何不趁此南下江都一趟，一来为陛下祈福，二来可与文学馆的旧臣学士们欢聚一番？”

“杨御史言之有理，可就是不知带哪几位近臣更为称心些？”杨广又有些烦恼起来。

“依微臣看来，起居舍人虞世南和蔡允恭就不错，美姿仪，擅诗词，性忠良，且对佛家禅理教规也颇有心得，能助殿下成事！”杨素向晋王杨广建议起来。

“此二人倒也称我心，不知带上参军事诸葛颖，合适否？”杨广斜着头问杨素。

“此人也颇佳，微臣只是建议，全凭殿下做主！”杨素谦虚地说着。

第二天一早，杨广就带着一队亲信学士和武将，坐船驱往江都。

龙船上，意气风发的杨广开始向他信赖的近臣们滔滔不绝地描绘自己宏伟的政治蓝图：推行科举制度、开凿大运河、开通丝绸之路，征高句丽。

就是能做成一件，文武官们都已深感储君杨广乃盖世英雄，更别说五件，文臣们都被眼前这位拥有超凡政治眼光和政治魄力的新储君的超级演说所折服，膜拜不已。

杨广当初的理想确实是非常宏伟且美好的，就是放在如今，听闻此番大论，无人不会为之震撼。深谋理智如虞公，若不是听闻此番雄图高论，也难以让他发出“怅望悦宸襟”的感怀来。

此情此景，谈到兴奋处，又免不了奉和赋诗。而这次赋诗，虞公亦是怀着得遇明主的欣慰感恩之心，所表露的真性情。

良晨喜利涉，解缆入淮浔。
寒流泛鹢首，霜吹响哀吟。
潜鳞波里跃，水鸟浪前沉。
邗沟非复远，怅望悦宸襟。

虞公第一位赋诗，接着，参军事诸葛颍，起居舍人蔡允恭，弘执恭等三人依次奉和咏诗。

"好诗好诗，卿们满腹才学，得之我幸矣，吾何忧将来我大隋江山不永固万年？"杨广称赞道，这是他少有的谦逊，毕竟他也知现在还未到自我狂妄的时机。

"殿下高瞻远瞩，雄才大略，吾等岂知您的鸿鹄之志，微臣等愿效犬马之劳，誓死追随殿下！"弘执恭第一个作揖恭维起来。

在弘执恭的带领下，虞世南等一众文臣一一附和着表起忠心。

"听闻虞爱卿书法精湛，颇有二王之风，今日就让大家见识一番，如何？"杨广微笑着对虞公说来。

"殿下谬赞，微臣遵旨！"回禀完，虞公就退居一旁，在案台边洋洋洒洒写起来，只一会儿，一幅带着仙气的诗作就赫然呈现在杨广面前。

笔力遒劲，又不失清雅俊秀，刚柔相济，中正飘逸，见过之人，无不点头赞赏，杨广对着笔墨，未思考就言说开来："虞爱卿之笔力，才称得上是得仙人垂青，吾手边现有《大庄严法门经》一部，望你潜心抄写，以供养在陛下敕令建造的新灵塔中，以保大隋万年昌盛。"

"微臣不胜荣幸，感恩领旨！"虞世南甚是欣喜地应承下来。

此应制诗作于隋文帝仁寿元年（601）夏天，与《奉和长春宫应令》《奉和幸江都应诏》为同一时代与题材的应制诗。此诗属于虞公的泛泛之作，平淡无奇，无大的新意，终究无法显现出伯施的实际水准来。我也最不喜分解这类应制诗，诗人拘谨地应承，后人亦只能隔岸揣析，囫囵消磨。不如《蝉》《咏萤》《春夜》般可以引领读者的思绪天马行空、遨游诗海，最为紧要是能瞥见伯施笔下的那份弥足珍贵的小性情来。

虞公的惊艳之举在于有一支化腐朽为神奇的巧笔，他能在平淡出奇的文字中自我放逐，旁逸斜出，开出别样的韵味。

“寒流泛鹢首，霜吹响哀吟。潜鳞波里跃，水鸟浪前沉”。“寒流”“霜吹”“哀吟”，一实一虚，一动一静，一欢一叹，以景喻境。

平淡平淡复平淡，平平淡淡信手吟，始知诗中有真意。对君王的希冀与赞赏，出于奉和应制，远者看热闹，近者得其心。

此时的我，脑海突然嵌入“刘伯温”三个字来，朋友戏言我的大脑为“跃层阶梯”，总能将有或毫无关联的两件事物融合在一起。

虞世南、刘伯温，都是我心仪的君子，同为帝王师，同是浙籍才子，一个神机妙算，一个百科全书；一样的学富五车上知天文下知地理，一样的嫉恶如仇忠诚死谏，却是不一样的殊途结局。

《道德经》中说：“持而盈之，不如其已；揣而棁之，不可长保。金玉满堂，莫之能守；富贵而骄，自遗其咎。功成身退，天之道也。”

幸而虞公懂得大功不为居的道理，功成身退的他不仅实现了自保，而且赢得了身后荣耀。做人，要有开拓的本事，更要有善终的智慧。

对于侍奉四朝君主，虞公永远都抱有无功谦逊之态。虞公最为少年风华的岁月似乎都在隋文帝、隋炀帝的身边，无功亦无咎，无咎既平安。

运河之于虞公，泛舟其上，次次递增无奈之情。邗沟非复远，怅望悦宸襟。

时间，不过是篡改情深的良人。伯施，若你愿意，我愿执你的手倚在运河边，看尽这世界的繁华和落寞，不以物喜，不以己悲，安然静待。

二十五　发营逢雨应诏

豫游欣胜地，皇泽乃先天。
油云阴御道，膏雨润公田。
陇麦沾逾翠，山花湿更然。
稼穑良所重，方复悦丰年。

——《发营逢雨应诏》

林清玄说："如果我们虔诚深信，佛只在眉心。"如此，如若我们虔诚地相信美好，美好便会不约而至，如若能在季节的末端，看到美好如花朵绽放在春的枝头，如若能在转身间，遇到喜欢的风景，轻轻地道一声原来你也在这里呀，该是多么欢喜！

我很想闭目呼吸，若是清喜在眉，是否能闻到灵魂的香气，轮回的路上用善意，滋养每一段时光。

我很想小字煮情，若是岁月静好，是否能枯瘦流年的笔杆，把桃之夭夭的喜悦，供养给每一朵菩提。

在缠绵的一场秋雨中，我尝试着启开虞公的这首《发营逢雨应诏》，泡一壶千年的诗情，让散发着沉香味的诗句流经沉寂在大唐的清隽面容。

似乎，生活就像一位美人，在盛唐，她的美容易被人发现，但在初唐，她的美是内秀的，需要你俯下身去慢慢体悟。

低低沉沉的云笼罩着大道，如油膏般珍贵的雨丝滋润着田野，田野里一陇一陇的麦苗经历了小雨的滋润，愈发青翠，山间的野花颜色更加绚烂鲜艳。农事稼穑是最重要的大事，因为雨水的到来，想着今年又是一个丰收年，喜悦之情再次涌上心头。有美人兮，宛在青山绿水间。

虽是应诏，却藏不住臣下喜悦之情，亦如农耕者遇上丰收年般快乐。

唐代诗人往往都带着轩昂的傲气和自信快乐的心灵寄托。

这首诗是虞公创作的田园诗。山水田园诗，古代汉族诗歌题材之一。源于南北朝的谢灵运和晋代陶渊明，以唐代王维、孟浩然为代表。这类诗以描写自然风光、农村景物以及安逸恬淡的隐居生活见长。诗境隽永优美，风格恬静淡雅，语言清丽洗练，多用白描手法。

在《诗经》《楚辞》所经历的漫长年代，还没有出现一首以专门描写田园山水为主要内容的诗篇。两汉数百年，乐府五言诗，特别是铺采摛文的辞赋，已有了较多的自然风光描写。只是汉末建安时期，曹操写了一首《观沧海》，这才算是曲终奏雅，为汉以前诗坛献上了唯一的一首完整的山水乐章。魏晋之前，汉族诗歌的内容都是与人本身有关的生存、欲望、政治、战争等等，自然风光还是未被人识的一块天然璞玉。

陶渊明是我国第一位田园诗人，诗文重在抒情和言志。这类诗充分表现了诗人守志不阿的高尚节操；以及对理想世界的追求和向往。作为一位文人士大夫，这样的思想感情，这样的内容，出现在文学史上，是前所未有的，尤其是在门阀制度和观念森严的社会里显得特别可贵。

恍惚中，那位妙写《桃花源记》的陶渊明，体悟着得道快乐的老人，缓缓向我们走来。

同样，我还是会忆起一个人的名字来：在西湖边吟着“疏影横斜水清浅，暗香浮动月黄昏”，终身不娶不仕，以梅花和仙鹤为伴的林和靖来。

如果说陶公的潜是“空旷心灵的追求者”，那么林和靖的孤山梅林，便是精神上的自由奔放和追求。

林和靖通晓经史百家，性情恬淡孤傲，据说他是比干的后裔。四十余岁便隐居西湖，结庐孤山。曾有多人劝他入仕，但和靖先生却道：“然吾志之所适，非室家也，非功名富贵也，只觉青山绿水与我情相宜。”

高处不胜寒，并不是林和靖想要把孤独做绝，而是真正能与之灵魂为伴的，只有梅妻鹤子。

在虞氏一族中，也出过这么一位奇葩的隐士：钻坚研微的大隐士虞喜。虞喜的隐士生活，究竟以哪一个事件为转折点，很难去判断。被迫做官，或许是一个因素；他私藏黑市户口数量巨大，后被官府通缉流窜在外，不知道是否为隐居的契机。总之，虞喜也隐居了，避入山林之间。

虞喜，字仲，慈溪鸣鹤人，东晋天文学家。世为豪族，博学好古，尤喜天文历算，发现了著名的“岁差”。郡守诸葛恢巡视余姚，任为功曹。晋永嘉元年（307）征为博士，咸和末举为贤良。咸康初，内史以其“博闻强识，钻坚研微”复荐为博士，皆不就，后隐居山林。虞喜少年时就很喜欢读书，才华横溢，尤其喜欢博览古籍，对天文历算很感兴趣。

因为虞喜学识渊博，才华出众，所以官府曾多次征召他到衙门任职，但虞喜生性喜研究学问，对做官没有一点兴趣，每次征召他都推辞掉了。人家能当官欢天喜地，虞喜当官心不甘情不愿，很快他就辞去职务，到四明山东北部，就是慈溪和余姚的交界处，隐居了起来。后来，虞喜隐居的地方就被称为“大隐”，宁波大隐这个地名就是这样来的。

到了东晋元帝时，会稽太守是诸葛恢。诸葛恢的堂伯是大名鼎鼎的诸葛亮。诸葛恢在治理会稽时听说虞喜是个不可多得的人才，就派人去请虞喜到衙门来工作，但还是被虞喜拒绝了。诸葛恢很不高兴，派人强行把虞喜请到了官府，一定要虞喜在他手下做事。也许是诸葛恢要挫挫虞喜的锐气和傲气，他给了虞喜一个功曹的职位。所谓“功曹”就是那种跟在长官身后拎包的小秘书。满腹才华的虞喜又郁闷又憋屈。一来，虞喜喜欢自由，不喜欢官场的拘束；二来，以虞喜的才华和学识，功曹这样的小官职实在是委屈了他。总之这个小秘书的活儿虞喜干得很不爽，也很不愉快。幸亏没多久，诸葛恢因母亲去世悲伤，离开了会稽，虞喜也终于摆脱了这个干得很不爽的职务。这件事对他刺激很大，他下定决心以后再不出山去做官了。因为怕又被征召，他索性来到慈溪鸣鹤，隐居在深山老林中。

没想到，虞喜才清静了两三年，当时的东晋明帝因为想广招人才治理国家，就下了一份诏书说：“自国家战乱以来，儒家学说衰落，每当我读到《子衿》这首诗时总是感慨万分。临海有个叫任旭的、会稽有个叫虞喜的，这二人品格洁静，操行高尚，学问精深。无论碰到什么名利的诱惑也不改变志向，一心研究古代的经典，在今天还能这样履行古人的道德。他们的品德足以让世俗的人崇敬，他们的博学强识足以让世人明理。以前几次征召他们都不肯来，这次我要以博士的职位把他们召来。”这“博士”可不是“功曹”那样的小官，是京城负责保管文献档案和编撰著述的大官。于是，官府就派人带着皇帝的诏书找到了虞喜。但虞喜并不为之所动，他以生病为由坚决地推辞了。

虞喜一生中前后有九次被朝廷征召，但他都不为所动。他坚持自己的理想，研究学问，一心扑在钻研经史和天体学说上。虞喜七十六岁去世，没有后代，一直隐居在慈溪鸣鹤。

或许我们都不曾真正懂得隐士，就像白天不懂夜的黑，官兵不懂夫子道。而真正承继虞喜淡泊之志的，还是他的后代虞世南。隐遁之心常有，但能将出世和入世心无缝焊接，中庸到极致的贤者，出他无有。

由孔子对于老子的按语：“鸟，吾知其能飞；鱼，吾知其能游；兽，吾知其能走。走者可以为网，游者可以为纶，飞者可以为缯。至于龙，吾不能知，其乘风云而上天。吾今日见老子，其犹龙耶？”一段话，便可了解孔子所说“鸟兽不可与同群”的用意何在了。并且由此也可以明白他对于隐士思想的评价，和推崇老子为高隐代表者的示意。他们在原始思维的本质上，对于“君子乘时则驾，不得其时，则蓬蔂以行”的立身处世的态度，是完全一致的，尤其对于“蓬蔂以行”的隐士们，和隐士思想，是具有“心向往之”的潜在情感的。

世人皆醉唯我独醒的屈原；菩提树下寂寞六年的佛陀；逍遥梦蝶的老庄；“可笑寒山道，而无车马踪。此时迷径处，形问影何从”的寒山子……千年之后的我们，不知谁能理解他们的孤独？

孤独的最深处总是叠显着凝重和瑰丽：活在自我的孤独中享受具有穿透人心的力量的贝多芬；在孤独中笑傲命运的拿破仑，所以他们的生命之旗会铮铮作响；用他的极端孤独而创作出《查拉图斯特拉如是说》的尼采；用贫困和孤独而创作出了不朽的传世之作《向日葵》的梵高。

或许只有真正的孤独者才能享受“天地与我同根，万物与我一体”的境界。

相对于老子的笃定深沉，我更倾向于欣赏老庄的逍遥自在，看似无谓却深情的汪洋恣肆、波诡云谲。或许是他的逍遥游，触动了我们紧绷内敛的神经。到现在我都不敢肆意评价老庄随意的一生，是否值得我们探寻追随，所谓仁者见仁智者见智，而我在他的只言片语中略微闻到那缕情深意切的芳香来。

确切地说，他是贫困地过了一生，但这从未妨碍过他的天马行空，奇思妙想；他的古怪脾气，他的博学善辩，他那高冷的幽默。我看，也只有他的故交惠施能懂。

最钦佩于他的，还是他的大悲，对这个世界浑浑噩噩无人醒悟的大悲，他用他的浪漫来诠释对大悲的惊醒。他会时常恍惚，这样的恍惚，可能是最神妙最伟大的恍惚了，恍惚出了最高的境界，和天地间最大的浪漫。大悲的浪漫，深情的浪漫，滚滚云烟中，也只有老庄能做到。

泉涸，鱼相与处于陆，相呴以湿，相濡以沫，不如相忘于江湖。

——《庄子·大宗师》

这句话实在太过浪漫、流传太广了，但很多人都不知道其实是出自庄子之手。很多人把它看成是男女之情，情深却不能厮守的无奈而悲伤，其实庄子要告诉你的，也是情，却是天地间最大的情，最深的情。

庄子说的相忘于江湖，不是单纯的忘掉俗世男女之情，他所谓的情是通过精神的超脱和自在，来彻底出离人间的苦难。庄子仅仅用一个小小的寓言，就承载了多少世间的凄然和世外的企盼、现实的逼仄与理想的慕愿，氤氲成了一片飘渺却化不开的智慧，这才是真正的用情至深。

庄子的境界，远非大鱼与鲲鹏所能比。当道人动了情，他的情便一定是弥纶天地、独步古今的。

佛言：你所有的痛苦都源于内心的不圆满。内心充实了，何须借助外物的填补。隐士老庄，隐的是人生，过的却是风花雪月的清喜安然。

若可，我愿退去尘世的锦衣，在华丽明艳中化身为莲，素然出尘，临水照影。风云来去，不悲不喜。斟一盅风云的茶，让心语在佛语中涤荡，品味世间百味，收藏流转往事。将芳香藏进衣袖，执善念，握简约，携清风，踏长空，一手烟火，一手诗意，让人生的画布多一些斑斓，让生命的原野少一些苍凉。

二十六　奉和幽山雨后应令

肃城邻上苑，黄山迩桂宫。
雨歇连峰翠，烟开竟野通。
排虚翔戏鸟，跨水落长虹。
日下林全暗，云收岭半空。
山泉鸣石涧，地籁响岩风。

——《奉和幽山雨后应令》

初唐武德九年（626），弘文馆，身任为太子中舍人的虞公，与中庶子同掌太子宫文翰。简单点来说，就是陪着太子读读书，作作诗罢了。

清醒如虞公，这个不温不火的职位最适合他的个性。熟知宫廷人事的险恶狡诈，世南不愿深陷其中，更不愿卷入诸皇子的皇位斗争中去。因着年事已高，曾屡次上表请求辞官，唐高祖下诏不允，还要升他为太子右庶子，虞世南坚决推辞不受。

弘文馆内，世南与几位太傅一道侍读侍讲。今日的课题是赋诗《雨后》，虞公先现场吟诵示范一首，好让皇子们有个模仿的范本。

肃城邻上苑，黄山迩桂宫。
雨歇连峰翠，烟开竟野通。
排虚翔戏鸟，跨水落长虹。
日下林全暗，云收岭半空。
山泉鸣石涧，地籁响岩风。

此诗一出，全场哗然。早闻虞中舍人大名，现大作在此，皇子们的鄙劣之作可拿不出手呀。

盛夏，移步至皇太子的黄山桂宫，下了小半天的雨终于停歇了，远处连接的山峦青翠逼人，一望无际的田野里，烟雾渐渐散去，极目远望，空旷素净。凌空飞翔的候鸟在弧形的彩虹下嬉戏鸣叫，雨后的泉水声势浩大，隔着阵阵山风送来大自然的种种声响，有鸟鸣声，泉水潺潺声，整个世界被一副宁静阔达、空灵美妙的画面所定格。

雨后的桂宫，热闹的就像开了一场宴会，八仙过海各显神通，从天到地，无所不欢，通通都跑进世南的诗里来。读其诗，绝句奥思，非真正有才情者，未能刻画得出。

只有领会诗歌中景物的情感色彩，方能准确体会到诗歌的内在主旨。可以说，明情晓理，皆从意象入手。由心而生，由境而定，这一切都是艺术家的精神表达，我以为这便是中国人美学思想的提炼升华。

虞公的应制写景诗出奇在能把各种景象意象加工提升到一个新的境界，赋予很多经典的诗句更多的瞬间灵感，自然清新，高贵雅致，同时启迪了后来居上的新派诗人王维，遂诞生这首《新晴野望》：

新晴原野旷，极目无氛垢。
郭门临渡头，村树连溪口。
白水明田外，碧峰出山后。
农月无闲人，倾家事南亩。

此诗与虞公诗意境相近，但虞公的田园诗所做极少，可能跟他一生鲜少有农耕经历，又无法深切体会农耕的辛苦有关。世南多的是术学研究派生涯的勤勉事躬和空境淡雅的高配版诗词。

虞公的一生，虽早年在功名上搁浅几十年，终是结局完美，完胜收官，好过几多才志未筹的诗人文豪们。同是寒窗苦读十多载，布衣诗人孟浩然的一生：生当盛唐，早年有志用世，在仕途困顿、痛苦失望后，尚能自重，不媚俗世，修道归隐终身。他的经历，其实是一个悲伤的故事。这个故事中，有消沉，有艰险，有危机，有疾病。那位吟着千古名句“春眠不觉晓，处处闻啼鸟。夜来风雨声，花落知多少”的老者，含着报国未酬的夙愿，黯然离世。

中国自古以来是一个“官本位”社会，古人的一切成就大都以官位相衡量。然而纵观中国几千年历史，会发现一个有趣的现象——那些文采斐然的大文豪们尽管有着出色的才华，却在官场上郁郁寡欢，关键在于那些个有着超凡之才的诗人大都天性洒脱、狂放傲岸，又藐视权贵，这与官场所需的拘谨权变、顺服谦恭恰恰构成了最鲜明的对比，这也是两种人格无法调和的对抗。

庄周论道，陶潜谈玄，在两种入世出世心缠绵的纠结中，以致诸多不得志的文人们在隐居、饮酒和佛法中找到了赖以解脱的资源。这是中国文人精神世界的一块无法愈合的伤疤，哪怕是隐居山林，表面上看，散淡萧条，诗酒风流，但对于这种外表极冷、内心极热的人来说，有些终究是不得解脱。

归隐也就罢了，但又好过溺死在春光里的那位烟花诗人——柳永，虽说我承认我也极其仰慕过他写的那首《雨霖铃》。

同是失意人对失意人，柳永的诗适合一个人在深夜独自品味他藏匿在骨子里的哀愁。我一直都不能理解，即使失意万次，也不能把自己真正放逐在不可自拔的温柔乡里，好歹你也出生在名门望族官宦之家呀。

七郎呀七郎，你还是太年轻气盛，逆境太少，单纯敏感到无力承受初次落榜之殇。有时想，你若不是出生在达贵之家，换成这般的落差或许还能承受。

原来，放浪不羁与持守有恒之间，一以贯之的是内心的自由。子曰：“不得中行而与之，必也狂狷乎！狂者进取，狷者有所不为也。”内心不得自由中正，你永远都是世界的弃儿。

相较于世人，还是欣赏虞公的为人治学之态，可韬光养晦，可孤寂沉淀，亦可为卿为相，一展全才。穷可退，达可进，世间于我，正如赤条条来，赤条条去，了无牵挂。

提起皇子，自然想到教育问题，而每一个孩子成长的过程其实就是一场教育的实验。

有的人成功了，当然也有很多人失败了。唐太宗一世英明，唯一的败笔就是在教子之事上，包括李承乾和李治，一个叛逆霸道，一个平庸懦弱。皇帝的子女众多，教育委实是个大难题。

即使是优秀基因的融合，搭上“十八学士”的高配版师资，各种事务的历练，这群在寂寞深宫里长大的皇子公主，仍然优劣各异。

唐太宗一共有十四个儿子，其中三个被杀，三个自杀，三个早夭；一个被“幽闭”，两个被废为庶人后又被流放，沦落而死。且公主们也不是让人太省心，高阳公主惹事生非。最中意的汝南公主早夭，让李世民悲伤不已。

为培养好接班人，他苦心孤诣写出第一部帝王教子专著——《帝范》（十二篇），被历代帝王奉为家教圣经，又让魏徵写下帝王子弟成败的故事，名为《自古诸侯善恶录》，分赐诸子。

尽管李世民在培养接班人的教育问题上高度重视，可依旧是百密一疏，依然阻挡不了骨肉内斗相残的结局。

自从两位最具接班人气质的皇子被黜以及最疼爱的汝南公主夭折后，唐太宗一度呈现消靡不振之态。

虞公看在眼里急在心里，丧子之痛哀大于天，实属人之常情，但作为一国之君过于沉溺其中，却非国之幸事。

他想着去劝谏，但忠言逆耳，况且人在情绪极端低落时，往往接收不进任何反馈，他试着趁每天去给皇帝讲解历史诸法时，渗透进劝谏的想法来。

第二天早晨过后，虞公依旧跟随李世民回到御书房，瞧着面容憔悴的皇帝，虞公开口道：“微臣愿为陛下解忧。”他知道再多的宽慰，都不如倾听来得更贴心。

“虞爱卿，你可知朕心中所郁所悲之事，为何老天要残酷地夺走我天赋异禀的两位皇子来，你可知我对他俩的器重和栽培，上天这是要断我双臂呀，"唐太宗悲伤地继续说着："还有最为年幼的治儿，可怜他母亲走的早，治儿又生性淳厚善良，我只恐他过于软弱难继大统！"

虞公听罢安慰道："圣上正值春秋鼎盛，无须寡欢，太子虽年幼，只要稍加栽培，未必不能胜任，虎父无犬子，圣上不必过于忧心。"

而后，虞公向唐太宗娓娓道出古圣先贤的教育之法来："人之所以有上智下愚的差别，是因为各自禀受的气质不同。至于具有中庸修养的人，都是来源于培训和学习。自齐王朝以来，负责培养太子的东宫里的老师，都滥竽充数而已。高贵的和下贱的，由于礼教的原因，互相隔离，良好的教育没有办法得到，导师都是由职位决定，很少根据德才选拔。这些后来做了国王的太子，生性平庸无奇，又没有周公、召公一样的导师，良师益友的规劝听不到，委琐狎邪的小人恶习倒沾染了不少。以如此卑下的质地，生活在如此野蛮粗俗的环境中，国破身亡的下场，是注定无可避免的了。

"从前周成王还在襁褓之中的时候，召公为太保，周公为太傅，姜太公为太师。太保的作用，就是保养好太子的身体；太傅的作用，就是用仁义道德辅导太子；太师的作用，就是用知识礼仪教育太子。这是三公的职责。

"此外，还设置了三少，叫作少傅、少保、少师，分别负责太子的饮食起居。因此，太子在懂得学习的童年时期，三公三少就用孝、仁、义、礼来培训教育他，让他离远邪恶的小人，不让他看到丑恶的行为，然后选择天下端庄正直的人才，孝顺父母师长、和睦兄弟姐妹的益友，和博闻广见、有道德、懂权术的人跟随在他左右，和太子朝夕相处。

"所以太子见到的是正直无私的行为，听到的是正直无私的言谈，行的是正道，因为前后左右都是品行端正的人。

"一个人习惯了与正人君子相处，自己也会不知不觉地走上正道，就像生长在齐国的不能不使用齐国高雅的语言一样；习惯了与奸邪小人相处，就像生长在楚国的人不能不使用楚国粗俗的语言一样。"

自从听了虞世南的一番论述，唐太宗下决心好好管理培养为数不多的几位皇子，亲颁圣旨命魏徵、杜如晦、虞世南、褚亮等任太子太傅等要职，倾力打造下一代文韬武略的君王。

与侍从文学相前后，被共称为“初唐四杰”的王勃、杨炯、卢照邻和骆宾王，以及稍晚一点的陈子昂，出现了。这些人无缘宫廷，主要担任下层官员，或出身于中下层官员甚至隐士家庭，他们所创作出的诗，被认为是盛唐之音真正的先声，而恰恰淹没了真正的诗歌鼻祖——以“虞世南、魏徵等人”为先驱的宫廷诗人，只因虞、魏等人的功绩名声已远远盖过他们卓越的诗才，更亲民的“初唐四杰”有了更大空间，他们尽情发挥所长，让大唐诗歌旁逸斜出，生出别样的韵味。

虞公的境界，远非市井文人所能比的。他的灵魂太博大、太丰盛了，所有他的诗词歌赋和思想都远不如他本身来的动人。

二十七 追从銮舆夕顿戏下应令

重轮依紫极，前耀奉丹霄。天经恋宸扆，帝命扈仙镳。
乘星开鹤禁，带月下虹桥。银书含晓色，金辂转晨飙。
雾澈轩营近，尘暗苑城遥。莲花分秀萼，竹箭下惊潮。
抚己惭龙干，承恩集凤条。瑶山盛风乐，抽简荐徒谣。

——《追从銮舆夕顿戏下应令》

长生不老是人类的伟大梦想，人人都想如此，但人人又都知道，那是不可能的。可是，有的人就想打破这种不可能，谁呢？皇帝！自古以来，想长生不老的皇帝就有不少。

自从秦始皇派出了五百童男童女往东海求取长生不老仙药，率先作出探索以来，不少历朝历代帝王便把这项事业列入了朝廷的科技攻关计划，力争有所创新，有所突破。

于是乎，平日隐居深山、辟谷修真的道士们（秦汉时为方士）就有了出场的机会。

道士们所宣扬的白日飞升、长生成仙之说，正切合皇帝们的长生追求。于是这些道士们被网罗到皇宫，专门研究长生之术。

一开始皇帝长生之道的重心在于神仙、仙境的访求，可是历经秦始皇、汉武帝大张旗鼓寻找神仙而不得之后，皇帝们也大概明白，神仙恐怕是难得一见了，于是便把重心转移到仙丹的炼制之上。

炼制仙丹，羽化飞升，在历史传说中也有先例，那便是黄帝。黄帝正是炼制出了“九转还丹”，服用后羽化飞升的。黄帝的成功案例自然给了帝王们无限的信心。

天下王者之心一如既往，隋炀帝也不例外。隋炀帝幻想长生不死，在洛阳西苑挖湖修造三座假山以充蓬莱、方丈、瀛洲。隋炀帝曾向茅山道士王远知执弟子礼。王远知是上清派、茅山派一代宗师，除了隋炀帝，他更是得到唐高祖、唐太宗的召见。

此应制诗作于隋文帝仁寿（601）年夏，我猜那是杨广被封为皇太子后，借赴江都为灵塔舍利落成祈福的途中，与众文臣谈古论今时，极度渴望瞻仰到道家仙境的疯狂状态下，让起居舍人世南应令之诗歌。

此番随太子杨广去江都，一来是圣宠眷顾，二来可与兄长虞世基团聚，想到此，虞公心里不免生出诸多盼望宽慰来。

在虞公看来，还是在晋王府文学馆的日子，更逍遥自在些。那时的晋王，韬光养晦，谦逊勤勉，时常与他们这般亲近，吟诗奏琴，抵足交心。那时的虞公，也对这位有着宸宁之貌的青年晋王颇为赞赏，虞公似乎看见得遇明主的星星曙光。

而杨广在搬迁至长安东宫后，一部分府内的学士也跟着杨广入住东宫文学馆，虞世南也在其中。不同于在江南的日子，在东宫，在隋文帝面前，杨广永远展现出文韬武略却淡泊寡欲之态；而一转身，身为太子的杨广，沉浸在唾手可得的宏图霸业中，奢望到登仙境以求长生不老。

自负的太子，清醒的虞公。虞公深知天地循环之义，盛极必衰之理。若处在奋斗期却已遥想到奢靡享受的境地，并不是祥瑞之兆。虞公泛起隐隐的惆怅来，但他心底还是对皇太子杨广寄予颇多期望的。

“重轮依紫极，前耀奉丹霄。天经恋宸扆，帝命扈仙镳。”虞公遣词排句的笔上功夫当属一流，像这般粉饰太平、添金加银的华丽辞藻，可以说信手捏来。《桓真人升仙记》称：“有长年之光景，日月不夜之山川。宝盖层台，四时明媚。金壶盛不死之酒，琉璃藏延寿之丹，桃树花芳，千年一谢，云英珍结，万载圆成。”宫阙壮丽，园囿精美，奇花异木长在，珍禽祥兽毕呈。

“其山高下周旋三万里，其顶平处九千里。山之中间相干骈七万里，以为邻居焉。其上台观皆金玉，其上禽兽皆纯缟，珠玕之树皆丛生，华实皆有滋味，食之皆不老不死。所居之人皆仙圣之种，一日一夕飞相往来者。当国之中有山，山名壶领，状若甔甀。顶有口，状若员环，名曰滋穴。有水涌出，名曰神瀵，臭过兰椒，味过醪醴。人性婉而从物，不竞不争；柔心而弱骨，不骄不忌；长幼侪居，不君不臣；男女杂游，不媒不聘；缘水而居，不耕不稼；土气温适，不织不衣；百年而死，不夭不病。其民孳阜亡数，有喜乐，亡衰老哀苦。其俗好声，相携而迭谣，终日不辍音。饥倦则饮神瀵，力志和平。经则醉，经旬乃醒。沐浴神瀵，肤色脂泽，香气经旬乃歇"。

若真是有这等极致仙境，换作是我，亦心驰神往，再不会贪恋红尘往事，即使身处君王高位。

"瑶山盛风乐，抽简荐徒谣"，杨广素来擅通音律，每每和诗前，都要文官们抽签分韵，而后作诗，并分别由诗者不佐音乐而歌唱，即现代的清唱。何为分韵，就是指数人相约赋诗，选择若干字为韵，各人分拈，依拈得之韵作诗。

殊不知，诗歌最早是与音乐不可分的，也就是说，诗在古代都是可以唱的（甚至是必须用来唱的），所谓"诗体既定，乐音既成"，一如虞公的这首和诗，韵律平仄全在此作中，诗成即可唱诵。

一池铺开的荷，不经意间在柔柔夏风间飘逸成趣。因为自己喜荷，我也臆想着虞公也一样喜荷。爱荷的超凡脱俗，出淤泥而不染；爱荷的高洁，不蔓不枝；爱荷的妖艳于外，清静于心。

每每念及儿时在家乡的鸣鹤山定水寺，与兄长和母亲划舟采莲，摸鱼捉虾的闲暇时光，虞公都会莫名感伤一番：母亲出生官宦世家，温柔娴静，知书达理，但凡大家闺秀所会之事无一不通，晨领我们背诗练字习六艺，昏携郊外游玩剥莲采果。不满五岁，我和兄长已把四书五经背得滚瓜烂熟且六艺精湛，此时我们所取得的点滴成就，无不归功于母亲教导有方。

直至叔父将小世南领去他家，他永远不会忘记那日，轿子一落，就已哭得撕心裂肺，却不见母亲踪影。恐惧和绝望笼罩着虞公，虽叔父待他极好，但那份情伤时刻萦绕在他心。而后方才得知，母亲实在不忍亲眼见生别离，一人跑到后山哭晕过好几番，回家后大病一场，以致落下病根。

眼见它轿抬起，眼见它风吹过，眼见它碧荷开；池里的鱼虾，盛开的青莲，盈盈的湖水，会记得，你曾驻扎在我的心房，一生一世。

就如今日这般，追从在銮舆旁，瞥见那一池清荷，虞公情不自禁哼出儿时母亲教授的采莲曲，母慈兄悌的美好画面历历在目，感觉有清风拂过虞公的面颊，吹乱了久违的情感，似有暖泪滑落。

世南必是读过庄子的《逍遥游》，那些雄奇怪诞，汪洋恣肆，字里行间洋溢着浪漫主义的阔达无畏，正是虞世南对道家仙境最入骨的领悟。此道非彼道，此逍遥非彼逍遥，真正的物我两重天，并非只存在绚烂的世俗之色，心有仙境，何忧不寿？你殚精竭虑，费尽心机所追求的道家仙境，却如海市蜃楼般缥缈自欺，彼岸世界，此岸何以为堪？

明末清初道士王常月言："欲修仙道，先修人道。人道未修，仙道远矣。儒门曰：先齐家，而后可以治国。齐家犹人道，治国犹仙道。家不能治，岂能治国乎？释氏曰：须尽凡心，别无圣解。这凡心乃三纲五常之理，如依此行完，即人道全，而修仙不难矣。虽不能成圣成真成佛，也容易悟了。"

虞公明褒暗讽的劝谏，对于正处在人生顶峰肆意妄为的杨广来讲，如隔靴搔痒，你愈是劝谏或许他会愈陷入，无可解脱的恶循环。

大千世界，芸芸众生，大多数人都是按照司空见惯感受到的一切来认知这个世界，很少人会刨根问底地思考：眼前的万物，身体的感觉，头脑的感受究竟是什么？是否为实有？

滚滚红尘中的红男绿女，都有不可缺少的需求，包括物质的和精神的。那么，怎样才能既入世又超然、既"全人道"又"修仙道"呢？

王常月认为，这里的关键是不可"著相"。他说，人们之所以常常"著相"，是因为常常真幻不分，受到"爱缘"的牵缠。爱名声，爱地位，爱钱财，爱风花雪月，爱歌舞美人，这些无穷无尽的妄心、爱缘，蒙蔽了人的真性，并由此而产生出无穷无尽的烦恼。要扫除所有这些遮蔽在心体上的浮云，重现明朗的天性，只有舍绝爱缘一个法子。

这等言论，让为爱颠簸在红尘中的凡夫们如何解脱放下。俗子亦难，君王更甚！以至于，君王醉心于至高无上的皇权中无法自拔，以求永享安乐，即使是昙花一现的短暂，也胜过夜夜醒来空洞无望的恐惧和担忧。这等清醒，恰似美梦的破碎、直指的残忍。

"抚己惭龙干，承恩集凤条"，佛渡有缘人，道亦渡有心人。既然是逢场作戏，作几首所谓的歌功颂德，虞公岂不会？"惭龙干""承恩集"既是虞公的自谦，更是虞公无声的呐喊，蒙承君恩，却无功于君，只修得几篇陈词旧调，实在谦愧。

自始至终，杨广给虞公的定位一直莫过于此，附庸风雅的文学侍从，自视甚高的杨广从未正视过虞公的绝世才学和辅君忠心。

执手看红尘眷恋，我们常常迷失于一片烟波的画卷里。找不到属于自性的莲花，便以为凡夫俗子的念头都是正见，所以一意孤行。我们不知道红尘的浮躁才是心絮走向歧途的所在，灯红酒绿下的华奢，并不是众生最真实的风景，而是宇宙天地间刹那倏逝的尘寰。所以我们常常喜爱的那些繁华，本是生命里的一些缀饰，或者为满足欲望，或者是做样子给人看。总而言之，我们从这个世界上得到了物质的累赘，便往往淡化了精神的补偿，看不清对岸真实的自性，因此生出众多迷茫、困惑、烦恼之心，更亦惹上斗争事端，爱恨情仇。

身陷尘世，立在局外，站在高处，能心神通透到了无一物的智者，或许唯有伯施一人。

二十八　赋得慎罚

帝图光往册，上德表鸿名。
道冠二仪始，风高三代英。
乐和知化洽，讼息表刑清。
罚轻犹在念，勿喜尚留情。
明慎全无枉，哀矜在好生。
五疵过亦察，二辟理弥精。
幪巾示廉耻，嘉石务详平。
每削繁苛性，常深恻隐诚。
政宽思济猛，疑罪必从轻。
于张惩不滥，陈郭宪无倾。
刑措谅斯在，欢然仰颂声。

——《赋得慎罚》

这一天早朝时，唐太宗听完各位大臣的奏报后，捋捋胡子向各位大臣提出了一个命题：尔等各个都要注意了，知道人才的标志是什么吗？

大家面面相觑，都绞尽脑汁费力思考着。

“所谓的人才，就是能够提出跟别人不同见解的人。我们费尽力气要考试，选拔人才，把你放到一个岗位上，结果你每天什么也不说，让你做事你就做，不让你做你就不做，朝廷要你干什么？”唐太宗继续说道，“一个人的特殊之处，就是在于独特视角，根据学识提出自己的见解，个人的见解可能正好弥补朝廷论断的重大不足，这才是人才嘛。”

朝堂内顿时议论纷纷，都交口称赞着唐太宗。

“爱卿们先不要急着夸赞，朕可不是来听赞美之词的，今天布置一个任务，你们回去后都好好审查下你们管辖的部门，鼓励下属提出不同意见来，把好见解都汇总上来，朕有重奖。"

唐太宗的成功，是用人智慧的成功。唐太宗用人，只看才能，不看出身，有了众多贤才的辅助，才成为了一代明君。唐太宗在位期间，开创了繁盛的"贞观之治"，这是他在管理上的智慧体现，他展现了身为一代明君应有的变革中的手段和才能。唐太宗身边汇聚了各种各样的人才，他甚至说他最擅长的，就是不仅能用君子，还能用小人，什么人都能用。那么唐太宗是怎么运用人才的？如何发现人才的？

唐太宗的高明之处就在于他能看到别人看不到的地方。

就拿魏徵来讲，魏徵原来是唐太宗的反对派，曾是李建成的幕僚，他建议李建成杀掉秦王李世民，擒贼先擒王。结果李建成被李世民给杀掉了。李世民可以杀魏徵，但是他没有杀，保留了这个人才，也成了李世民的一段佳话。他为什么不杀魏徵？一方面，魏徵用自己的方式表达了对秦王李世民的钦佩之情；另一方面，那个时候已经掌握大权的李世民需要天下安定，再斗争下去，伤人伤己。

所以他需要通过魏徵这样一个反对派的代表人物做一个榜样，让天下相信，贞观一代是安定的。要没有了魏徵这样的人才，我们真的难以想象"贞观之治"的开创。

下朝到家后，世南就着手写了一封诗歌形式的奏折：

帝图光往册，上德表鸿名。
道冠二仪始，风高三代英。
乐和知化洽，讼息表刑清。
罚轻犹在念，勿喜尚留情。
明慎全无枉，哀矜在好生。
五疵过亦察，二辟理弥精。
幪巾示廉耻，嘉石务详平。
每削繁苛性，常深恻隐诚。

政宽思济猛，疑罪必从轻。

于张惩不滥，陈郭宪无倾。

刑措谅斯在，欢然仰颂声。

本诗为政论诗，表达了虞世南德化为主、法制为辅的宽仁治国理念。老子曰："上德不德，是以有德；下德不失德，是以无德。"

唐太宗在处理交州都督李寿因贪污犯罪被查处之事件上，世南有感于大唐律例的诸多不完善，遂作此诗。这首诗作也可以称作奏疏，政论诗，从一个独特的视角表达了虞世南对治世用刑的思想，这对于唐初社会发展、宽松政治环境的形成无疑有积极的作用。

虞公正想通过此诗，将老子关于全民道德规范建设的言论灌输给唐太宗。高层次的"德"不强调表面"有德"，因此才是真正"有德"。低层次的"德"，自认为不丧失"德"，因此实际上是没有"德"。真正有德行的人，不会把德行挂在嘴上，故意用某种行为证明自己的德行，这才是真正的有德之人。处在德之下品的人，看似处处都彰显德行，处处用德的框架来比较，似乎都很恰当，但是事实上却是一个无德之人。

贞观五年（631），张蕴古时任大理寺丞。相州人李好德向来有疯癫病，说了些荒谬惑人的话，李世民下诏审理这个案件。张蕴古启奏说："李好德患有癫狂病是有证据的，根据法律不应当定罪。"李世民准备宽恕赦免。张蕴古把唐太宗的旨意偷偷告诉了李好德，又找他下棋。治书寺权万弹劾张蕴古，奏告了他的所作所为，李世民怒不可遏，下令把张蕴古在东市处斩，不久又后悔了，对房玄龄说："你们接受皇帝的俸禄，应当把皇帝的忧虑当成自己的忧虑，不管事情大小，都应当留心。如今我不问你们就不说，见事都不谏诤，还辅佐我什么？比如说张蕴古，自己身为法官，却和囚犯下棋，泄露朕的话，这罪行是很严重的，可如果按照正常法律，也不至于处以死刑。朕当时非常气愤，立即下令斩首，你们竟没有一句话，主管部门也不再复奏就处决了他，这难道是治国之道吗？"

以率直谏诤名垂青史的魏徵就说："刑罚和奖赏还有不周到的地方。

刑罚和奖赏的原则，在于勉励好人，惩治坏人，帝王之所以制定了天下共同遵守的刑赏标准，就是告诫人们不要因亲疏贵贱而区别对待。如今的奖惩，却不是这样。有的是以陛下的好恶来决定对错，有的是由陛下的喜怒来判定轻重。高兴时，即便依法该惩的也给予怜悯；生气时，即便不该定罪也要节外生枝。"

对此，唐太宗自己也这样反省："我常常恐怕因喜怒乱行赏罚，所以要你们极力谏诤。"尽管有了如此清醒的认识，也有努力的方向，并且在执法实践中也不乏维护法律尊严的做法，然而，不折不扣的严格执法，只要不是制度的使然，能被某种权力所影响，或者建立在执法人员的素质基础之上，便只能是一种幻想。也就是说，在皇权至高无上的政治背景中，严格执法终究不能成为现实。我们甚至可以这样说，在权力缺乏足够制约的环境中，即便是不多的严格执法行为，也绝不是法治的表现，而只能属于人治的一种实践形式罢了。因为，法治，始终是一种制度！

李世民总结了统治历史的经验教训，对法律的制定和执行尤为重视。李世民曾说："法者非朕一人之法，乃天下之法。"倡导君臣民共守法律，颇有法律面前人人平等的味道。他还对侍臣说："国家法律，必须简明，不能给一种罪状规定多种处罚条款。条款繁多，不仅是官吏不能全部记住，而且容易营私舞弊，如果想为罪犯开脱罪行，就援引较轻的处罚条款，如果想趁机陷害某人，便执行较重的处罚。法律变化多端，实在不利于治国之道，应仔细审定，不要一罪多罚。"

不难看出，其中蕴含有罪刑法定的意思。在执法实践中，有时他也能做到严格依照法律条款作出裁决。盐泽道行军总管、岷州都督高甑生因违抗李靖指挥而被定罪，免除死刑，流放边疆。当时有人上奏说："高甑生是原秦王府的功臣，请求宽免他的过错。"唐太宗说："甑生违抗李靖指挥，又诬告李靖谋反，虽是王府旧功臣，功劳不可忘记，然而治理国家须遵守法令，做事保持一致，现今如果赦免了他，这就让心存侥幸的小人有机可乘了。我国从太原起义而建成基业，最初的随从和作战有功的人非常多，如果甑生获释，谁不觊觎这种特殊照顾？那么有功的人都会犯法。我之所以坚决不允许赦免，正是因为这个原因。”他充分看到了严格执法对于巩固大唐江山的重要性，所以才不网开一面。

隋朝末年，由于冲突频发，隋炀帝加大了刑罚的力度，残酷的刑法使人不堪忍受。李渊称帝后，采用宽松的刑罚，后约法十二条，除去杀人、劫盗、逃兵、叛逆这几条是死刑外，其他的罪行取消了死刑。到了李世民当皇帝时，同州（今陕西渭南大荔）人房强，弟弟以谋反罪定论，房强按照律令也应当处死。李世民看到后怜悯起来，后与群臣商议后免房强死罪，发配流放他乡。

中国历史演变到唐朝，经历很多大风大浪，经过盛世，经过乱世，经过民族大融合，也经过大仇杀，中国历史给人们积累的经验到唐代已经很丰富，统治者能够理性地面对历史，得到治国的启发和智慧。历史学在整个唐代，和我们现在概念不同，那时候历史学和现实政治紧密联系，对政治家来说，了解历史懂得历史是基本素质，唐太宗身边很多人都是历史学家。我们现在的历史学有点变成纯学术、象牙塔里面的东西，那时候很实用，直接对政治发挥作用，很明晰。唐太宗为什么那么理性、很少感情用事，就是因为他善于总结历史经验教训。

《唐律》是我国封建社会最完备、最具代表性的法典，在中国及东南亚地区的法制史上都具有深远的影响。

唐朝法律体系的核心《唐律疏议》就是完全以儒家礼教纲常作为法律的指导思想的，它大量援用儒家经典的内容，儒家思想又集中表现为礼。根据这种原则制定的《唐律》，首先把谋反、谋大逆、谋叛等定为“十恶”罪，犯者不得赦、减或赎免。其次，保护封建土地所有权，严禁妄认、盗卖、盗耕公私田。再次，竭力维护各种封建性的等级特权，皇族、官僚、富人犯法可以通过各种方式减刑或免刑，奴婢、部曲犯法则比“凡人”加等论罪。《唐律》还有调整统治阶级内部各集团之间、各成员之间的关系，以及保证统治机构正常运行的作用。

看到虞世南的诗作后，唐太宗大为喜悦，这正是他目前所困惑的，赶忙躲进御书房与世南两人探讨一番。

虞世南头头是道解释完，唐太宗恍然大悟。虞公作为初唐第一大学士，又是历经三朝，直言相告。早在西周时期，最高统治者就已提出“敬德保民”的思想，主张“明德慎罚”。明德，就是提倡尚德、敬德，它是慎罚的指导思想和保证。慎罚，就是刑罚适中，不乱罚无罪，不乱杀无辜。“德”的基本要求是：敬天，敬祖，保民。“明德慎罚”的具体要求是：实施德教，用刑宽缓。孔子对这一思想作了更进一步的阐释，认为执政者要有高尚的道德，主张“为政以德”；虞世南又举例前朝酷法亡国的深刻教训，倡议重修大唐律例以致完善，将仁义作为立法之本这也是造福百姓万民称颂的功德大事。李世民内心亦存有以德治国的方针，几位赤胆忠心的重臣又与自己心思一致，修改律令合乎民意。

当时，有宽严两种截然不同的主张，有人主张以威刑肃天下者，魏徵和虞世南认为不可，从而上言“王政本于仁恩，所以爱民厚俗之意”，李世民欣然接受，遂以宽仁治天下。由于唐初统治者亲身感受了农民战争的威力，另一方面认真总结隋亡的经验教训，因而提出了“宽仁”的主张。隋朝的灭亡根源在于统治者对百姓的残酷压迫和剥削，激化了阶级矛盾，导致农民起义。其中，统治者严重破坏成文法，对百姓滥用刑罚也起了推波助澜的作用。

确立了慎刑的指导思想以后，李世民就着手安排进行律令的修订。贞观元年（627）三月，唐太宗李世民令长孙无忌、房玄龄等，参酌隋律，以“宽简”“平允”和“统一”为原则，对《武德律》加以修订，于贞观十一年（637）正月颁行，是为《贞观律》。《贞观律》的刑罚有所减轻，律条也比较完备。《贞观律》改变了“一准开皇之旧”的面貌，确立了独立的风格和体系，是《唐律》的奠基。《贞观律》，仍为 12 篇、500 条，以隋开皇律令为蓝本作了较大改动。

根据唐太宗的指示，问世后的《唐律》刑律简约，以死刑条目为例，“比古死刑，殆减其半”。所谓“削烦去蠹，变重为轻者，不可胜纪”，与号称宽简的《开皇律》相比，减斩刑为流刑共 92 条，减流刑为徒刑共 71 条，甚至废除了鞭背、断趾等酷刑。

从《北魏律》至《隋律》，都规定了死刑三复奏的制度。隋炀帝为镇压农民大起义，破坏了这条成文法，“敕天下窃盗已上，罪无轻重，不待奏闻，皆斩”。唐太宗不仅尽量减少死刑，并完善了死刑的审批程序，对死刑的处理极为慎重。他不仅强调三次反复查核的三奏制，还在贞观五年（631）规定了“二日五奏制”，也就是说，处以死刑的，在京城里要在两天内复奏五次，其他地区仍实行三奏制。据《旧唐书・刑法志》载：“自是，全活者甚众。”完善的死刑审批程序，使很多人的生命得以保全。

在长孙无忌、魏徵、虞世南等一派持“仁政慎罚”观点的重臣影响下，李世民在对待刑法上确实宽容不少。

贞观时期，还有一系列限制使用死刑的规定。首先，从立春到秋分，不得奏决死刑。其次，大祭祀，每月的第一天和第十五天（朔望）、上下弦、二十四节气、雨日、夜里、假日和祭屠日等不许奏决死刑。再者，一月、五月、九月不能奏决死刑。不仅如此，唐太宗每月都要听刑部的汇报，以了解监狱犯人的情况。

在对待犯人上，唐太宗的表现也和其他的帝王不一样，他将每个人都放在同样的位置。就如其中的“死亡之约”让唐太宗成为人人口中的“天可汗”。

话说贞观六年（632）腊月，年关将近，一日，唐太宗和往常一样批阅奏折，其中大理寺卿的奏折上说，有390名死囚将问斩，但有不少人日夜痛哭。问其原因，原来不是怕死，而是心中还有所牵挂。有的是家中尚有老母未曾安顿，有的是家中一脉单传未留下香火……奏折上说，用尽办法仍不能让他们停止哭闹，问是否可以提前用刑。

唐太宗沉思良久，一个史无前例的想法在他的脑海中形成了。以仁慈之心著称的唐太宗与狱中的死囚来了场“死亡之约”，这里的约定是唐太宗允许当时狱中的这390名死囚回家与自己的家人进行最后一次的团聚，但是必须在规定的日子里赶回来受刑。当时的死囚在听到这个消息后无不兴奋，可在死囚兴奋的同时，朝中的大臣开始担忧了，他们觉得，这些死囚本就是要死的，放回去之后他们还能回来么？到时候这天下不就乱了吗？大唐的规矩不就乱了吗？大臣们几度劝说，唐太宗始终没有改变自己的主意，并称自己相信他们。后来这些死囚也确实没辜负唐太宗的信任，在受刑的当天如约而至，不禁让唐太宗及众官员心生佩服。当然，因为这些死囚的准时赴约，唐太宗将其全部赦免，毕竟以仁治国比严刑峻法要好。而通过这一次的事件也可以看出，唐太宗在当时是非常受百姓敬仰的，真不愧为众人所称的“天可汗”。这样的举动放在现今看来，也是令人觉得不可思议的。

虞公费尽思虑所期望看到的，正是“刑措谅斯在，欢然仰颂声”的一片君民和谐之象。因为虞公深知，制度只是对人心失序不得以的补救。企图以制度约束人心，永远都会让人失望。虞公要告诉君王的是：以最大的宽容和慈悲，教化好子民，并使其遵循心灵善的秩序。

二十九　初晴应教

初日明燕馆，新溜满梁池。
归云半入岭，残滴尚悬枝。

——《初晴应教》

“春思重，晓妆迟。”迟到的春带来绿烟初晴的寻思残梦，花未拆，半卷珠帘。我在落雨的午后弹奏着最合意的《云水禅心》，幽幽古筝，袅袅清音，我在梦的江南筑造一片灵魂的玉树，点一盏岁月的酥油灯，在恍惚中闪烁，那些犹如隔世的过往，在回忆中飞扬。书写一抹眷恋，任心间走过缕缕清风，画一张深情的执着，细细勾勒，于心之一角，妥帖安放。

从红尘深处走来，邂逅一叶菩提缘。独坐幽潭边，双手合十，心如明镜，不惹尘埃，观照一片云水禅心……佛曰：一花一世界，一木一浮生，一草一天堂，一叶一如来，一沙一极乐，一方一净土，一笑一尘缘，一念一清静。

初唐的春日雨后，兴致高昂的李世民在他的天策府设宴与十八学士欢聚一堂。他把前日自创的新诗《初晴落景》展现在大家面前，一来想博得大才子们的赞誉，二来抛砖引玉起个调，能更多吸收才子们的文学精髓。

晚霞聊自怡，初晴弥可喜。日晃百花色，风动千林翠。
池鱼跃不同，园鸟声还异。寄言博通者，知予物外志。

李世民刚吟罢就引得学士们交口称赞，随后指定坐在身边的虞公赋诗一首，以“初晴”为题。世南欣然作答，不出一分钟，便把全诗洋洋洒洒地写在案纸上，带着他特有的虞氏字体，毕竟单单这字看来就能让人赏心悦目。

初日明燕馆，新溜满梁池。
归云半入岭，残滴尚悬枝。

这首五言诗创作于李世民的酒宴上，大雨初晴后阳光照亮了华丽如燕昭王般的馆舍，房檐上有滞留的雨滴往下落，是慢节奏，这般空灵的声音回响在耳畔；低的高的草木的枝枝蔓蔓，均被千万条雨线滤过了，看着俨然似新染了一层色，还有水珠儿眷恋在清亮的可以照得见人影的叶片上，在微风中轻轻抖动，刚从屋檐滴下的雨水涨满园中池塘。云烟弥漫着，退却的乌云躲入远处起伏的山岭，树枝上还挂着晶莹的水珠。雨后初晴，万物都显得澄澈透灵。

诗中特意用燕馆、梁园来指代李世民，整诗表达了对李世民的赞美之情，歌颂他礼贤下士的惜才品德。

大唐初年，秦王李世民由武功转为文治，在他的天策府里开设文学馆，广招天下贤能学士入馆，邀大行台司勋郎中杜如晦、记室考功郎中房玄龄、太学博士陆德明及孔颖达、王府记室参军事虞世南和姚思廉、蔡允恭、颜相时、于志宁、许敬宗、苏世长、李玄道、薛元敬、薛收、李守素、盖文达、褚亮、苏勖共十八人讨论政事、典籍，当时称之为"十八学士"。李世民对他们优以尊礼，予以厚禄，入阁诸君，皆享用五品珍膳，还命画家阎立本为十八学士画像，即为《十八学士写真图》，褚亮题赞。

秦王李世民对"十八学士"非常重视。"玄武门之变"后，李世民被立为皇太子，入主东宫，天策府文学馆被解散，但文学馆里的"十八学士"中的大部分人仍追随李世民，为他所用。如太子东宫府的官属，据《资治通鉴》卷一九一载：高祖"以宇文士及为太子詹事，长孙无忌、杜如晦为左庶子，高士廉、房玄龄为右庶子，尉迟敬德为左卫率，程知节为右卫率，虞世南为中舍人，褚亮为舍人"，东宫府的官属是由唐高祖李渊任命的，任谁与不任谁当然由高祖决定，而不能完全取决于李世民。然而，就是由唐高祖任命的九人中，原文学馆学士就有四人，可知在东宫府官属的任命上，李世民是提过建议或做过工作的。公元 627 年，李世民即皇帝位，九月初“置弘文馆于殿侧，精选天下文学之士虞世南、褚亮、姚思廉、欧阳询、蔡允恭、萧德言等，以本官兼学士，令更日宿直，听朝之隙，引入内殿，讲论前言往行，商榷政事，或至夜分乃罢”。随后，盖文达、许敬宗也相继兼任弘文馆学士。李世民常引见学士们，讨论典籍，商略前载，儒雅之风，旷古稀有，君臣亲近之恩，百代罕及。时人也因能入选文学馆而感到无比荣耀，《唐书》记载：“预入馆者，时所倾慕，谓之‘登瀛洲’。”这就是历史上著名的“十八学士登瀛洲”的故事。

“十八学士”是一群博览古今、明达政事、善于文辞的文人。入唐前，其中的大部分人就已经是名重四方、誉倾一时的知名人物了。他们帮助李世民打天下，尔后又直接策划“玄武门之变”，帮助李世民取皇位。唐太宗贞观年间的文化建设工作基本上是由“十八学士”完成的。太宗即位后，又让他们去辅佐太子。在唐初政治舞台上，“十八学士”是一个产生过重要影响的文人集团。

整诗藻思萦纡，圆融整丽。“归云半入岭，残滴尚悬枝”，最惊艳是那“悬”字，在雨像刚刚半入云，似滴未滴那一刻，别有一番意犹未尽的朦胧之美。若是换成它字，就大煞风景。

虞公的应制诗歌胜在用典多且妥帖，表现出极高的文学素养。虞公不愧是知识渊博的大学问家，隋炀帝大业初年为秘书郎时，他就曾参与过十余部大型类书的编撰，还独立撰写了 173 卷的《北堂书钞》，北堂是秘书省的后堂，故名。全书分 19 部，下分 852 类，19 部内容极为广泛，包括帝王、后纪、礼仪、衣冠、仪饰、服饰等部，其中汇集了大量的儒学资料，起着传授知识，临文备查的作用，为唐代四大类书之一。他又奉敕参撰《群书治要》50 卷，辑录有关治国兴衰政绩之文，始上古，终晋代，凡采经书 12 种，10 卷；史书 8 种，20 卷；子书，四书 7 种，20 卷。《北堂书钞》类似于现在的作文大词典，因此在他的诗中选用典故而不重复也就不难理解了。

虞世南的天赋尽在他富有敏锐的观察力和良好的艺术感受力。写诗的最高境界为能曲尽物象之妙，体现出极高的观察体悟技巧，每能于藻饰中显出清新明丽的风致，于风化事物巧加熔铸成新的艺术效果，点字成金。徐献忠评云：天然秀颖，不烦绳削。

从天策府到东宫府，从东宫府到弘文馆，“十八学士”中的大部分人都一生追随李世民。李世民对他们也是恩宠有加，他们在世时，他关心他们生活，给予丰厚的赏赐；他们病了，他亲自去看望，或派人送药；他们去世了，他为之料理后事，还经常梦到他们。

因着如此优渥的恩宠，才会让世南生出赞叹感激之情，怀遇明主之恩。只有经历过暗无天日、所遇非人的无奈日子，才能真正体会到得遇明君之宽慰。雨后初晴，恰如虞公，大半辈子的宦海沉浮，直教人感叹若生平未能遇伯乐，即使有一番壮志凌云，也是徒生悲伤。

贞观十七年（643），当年的创业功臣大半凋零，唐太宗颇为怀念当年的峥嵘岁月，为表彰创业功臣，命令阎立本于凌烟阁，绘二十四功臣的画像，褚遂良题字。凌烟阁就在长安皇宫内的三清殿旁的小楼。

凌烟阁二十四功臣，即赵国公长孙无忌、河间王李孝恭、莱国公杜如晦、郑国公魏徵、梁国公房玄龄、申国公高士廉、鄂国公尉迟敬德、卫国公李靖、宋国公萧瑀、褒国公段志玄、夔国公刘弘基、蒋国公屈突通、勋国公殷开山、谯国公薛绍、邳国公长孙顺德、郧国公张亮、陈国公侯君集、郯国公张公谨、卢国公程知节、永兴县公虞世南、渝国公刘政会、莒国公唐俭、英国公李勣、胡国公秦琼。

在众多开国功臣中，虞世南以一介书生位列凌烟阁，演绎了一段文人安邦的传奇故事。这二十四位功臣，文武参半，而文臣中，也基本都参与过大小战役，起码也在玄武门事变中出谋划策。没打过仗，也没在玄武门事变中出过力，仅凭文翰入选，只有虞世南。

在诸多功臣中虞公也是唯一一位让唐太宗信任为知己并赞为“五绝”的功臣：一曰忠谠，二曰友悌，三曰博文，四曰词藻，五曰书翰。

虞世南以文翰著称，然其诗文大多散佚，至今最有名的，是一首书家们经常写的五言诗：“垂緌饮清露，流响出疏桐。居高声自远，非是藉秋风。”

虞公的文学成就与书法成就这二绝为何没能在后世流传开来，我想这或许与虞公自身的淡泊性格分不开，不争自律，慈者仁寿，才成就了世南以八十一岁高龄辞世，长寿位列二十四功臣之首。

虞世南书法作品《孔子庙堂碑》笔法圆劲秀润，平实端庄，笔势舒展，用笔含蓄朴素，气息宁静浑穆，一派平和中正气象，是初唐碑刻中的杰作，也是历代金石学家和书法家公认的虞书妙品。据传此碑刻成之后，车马集碑下，捶拓无虚日。

木心曾在《文学回忆录》中评虞世南：我非常喜欢他的字，尤其那一撇，风情万种，每次都撇到你的痛处、痒处、伤心处。

让人摸不透的是虞世南的楷书温润如玉，为什么很少有人学？

虞世南的楷书有君子风度，含蓄蕴藉，让人摸不清它的特点。发力点不明显，粗细变化不大，但结构方峻，特征明显。后世书法家们以为虞世南的楷书如城府很深的君子，让人难以捉摸它的喜怒哀乐。虽然他的楷书境界高，但初看特征不明显，仔细钻研让人望而生畏，因可望而不可即，所以学的人少。

实者非也，若你能真正走进虞公的诗词，走进他的笔髓论，走进他的人生轨迹，你就会与他心法感应。

幼年丧父过继、半生沉浮的特殊人生经历，促使了他将全身心的情感寄托于书法艺术上的痴劲，才成就了大唐一代书法大家的奇迹。

艺术是苦难者的救星，它能宽慰饱受苦难的心灵的痛楚，闪放着光辉。

古代文人讲究琴棋书画，君子六艺，上至高官权贵，下至平民百姓没有不爱的。若论古代皇帝里书法成就最高当属宋徽宗，一手瘦金体独步天下；但要论对书法最狂热的，对其传承、传播、教育及发展贡献最大的，那一定是唐太宗李世民。

唐太宗深知以文治天下的道理，制定了适合书法发展的各项政策。贞观元年（627），太宗诏设弘文馆，设书法一科，由虞世南、欧阳询授楷法，诏令五品以上的官员喜书者可就馆学书。提倡科举制，把书法作为科考的重要内容，提升了书法艺术的地位和价值。这当然得益于虞公的极力推崇，唐太宗亲自为《晋书·王羲之传》作赞，确立了王羲之的书圣地位，并开创了行书勒石的先河。唐太宗还利用帝王权威，发掘整理魏晋遗墨集王字而成《圣教序》，为后世留下了珍贵的书法学习资料。

唐太宗得到《兰亭序》后，命欧阳询、褚遂良、冯承素、虞世南等人分别临摹，拓数本以赐皇太子及诸王近臣。李世民观赏了一生，还觉不够，命将《兰亭序》真迹作为百年之后的殉葬品，同其他书法珍品一起随棺入墓。

苏东坡为此有诗道："兰亭茧纸入昭陵，世间遗迹犹龙腾。"所以现今传世的只是冯承素、欧阳询、褚遂良、虞世南等人的临摹本。

称虞公为"书魂"也不为过，中国汉字美的呈现方式当以书法和篆刻为主。正如蔡伏剑老师所说，观虞世南书法，正如听松涛古琴，萧散虚和，单纯静穆之气扑面而来。我觉得这"纯"和"静"就是虞世南书法的独到之处。简静萧散正是晋人书法所独有的韵味和气度，可见虞世南不愧为二王传人。

三十　秋雁

日暮霜风急，羽翮转难任。

为有传书意，翩翩入上林。

——《秋雁》

秋日的午后，最适宜独酌赏一曲二胡协奏《苏武牧羊》，就让如烟的往事随着漫漫愁绪舒张开来，在空中盘旋，直至风吹云散。这场风与雁的聚会，注定为留待骚人，狂歌痛饮，来访雁丘处。

无非一杯浊酒，就可以浸透人的前世今生。

无非一句淡淡的话语，就可以化解牢固的心结。

无非一次坚然的勇敢，就可以塑造伟岸的英雄。

“问世间，情是何物，直教生死相许？天南地北双飞雁，老翅几回寒暑。欢乐趣，离别苦，就中更有痴儿女。君应有语，渺万里层云，千山暮雪，只影向谁去？”元好问的咏物词中所记录的正是他亲身经历被震撼而无限伤感的故事。

当年，元好问去并州赴试，途中遇到一个捕雁者。这个捕雁者告诉元好问当天遇到的一件奇事，他设网捕雁，捕得一只，另一只脱网而逃。岂料脱网之雁并不飞走，而是在空中盘旋一阵，然后投地而死。元好问看看捕雁者手中的两只雁，一时心绪难平，便花钱买下这两只雁，接着把它们葬在汾河岸边，垒石作为记号，号曰“雁邱”，并作《雁邱词》。

在词前有小序：“太和五年乙丑岁，赴试并州，道逢捕雁者云：‘今旦获一雁，杀之矣。其脱网者悲鸣不能去，竟自投地而死。’予因买得之，葬之汾水之上，累石为识，号曰雁邱。时同行者多为赋诗，予亦有《雁邱词》”。

秋雁不会让人懂得，它选择的深情是怎样的温暖。宁可留下一地冰冷的荒芜，一地决绝。如果你哀伤，你可以为他悼念，却无法改变它的坚持。

雁是众多鸟类中相对温和的动物，这和中国古代文人的儒雅是相符的，雁在秋日高空成队飞翔时，队形一丝不苟，衬以秋日肃杀气氛，愈显壮美。正是雁自身本能的表露，暗合了人的悲欢离合与亲情友情，所以自古以来人类赋予它们特别的关注和寄托，使之成了中国古诗词中极重要的吟咏对象。

大雁随着季节冷暖，春秋迁徙，信而有义，自然也就成为多愁善感的文人骚客吟咏的对象，我国最早诗歌总集《诗经》中就有"鸿雁于飞，肃肃其羽。之子于征，劬劳于野"的诗句。"鸿雁传书"是我们再熟悉不过的一个例子，鸿雁是书信的象征。鸿雁是候鸟，华北农村流传民谣有："七九河开河不开，八九雁来雁总来。"因此古人把它视为音讯的"使者"，这一点在古诗词中的运用比较普遍，杜甫《天末怀李白》诗："凉风起天末，君子意如何。鸿雁几时到，江湖秋水多。"再如王湾的《次北固山下》："乡音何处达，归雁洛阳边。"在这些诗中，秋雁都无一例外地成为书信的代名词，寄托着诗人真切的思念和美好的期盼。

我国古代小寒节气中的三候的"一候雁北乡"，记录了大雁每当秋冬季节，它们就从西伯利亚一带，成群结队、浩浩荡荡地飞到我国的南方过冬。第二年，又不远千里飞返西伯利亚产蛋繁殖。它们春天北去，秋天南往，南北迁徙，因时节变换而迁动，不管在何处繁殖，何处过冬，总是非常准时地南来北往，精诚有信，从不爽约。

苏武曾经对父母爱妻的旦旦誓言，在民族节义面前，湮没在了流光中。当年为了国家大义离开中原的土地，深入边远的匈奴。他这一走，竟有着"壮士一去兮不复还"的悲戚，在茫茫白雪中，他是怎么度过一个又一个冰冷的夜晚？那里的北海，有着与大汉土地不一样的景色，白云和飞雪将天空染成最纯净的白。这种白色，如同苏武的心一样，澄澈后的寂寞，无声的呐喊。那封大雁带来的血书，让鬓双白的苏武回到了自己日思夜梦十九年的家，但是，时过境迁，物是人非，他已经一无所有。悲戚与孤独，如同潮水，向他袭来。

汉武帝时，苏武出使匈奴，被匈奴扣押，拒不投降，被放逐到北海牧羊。十九年的牧羊生活，苏武吞毡啮雪，历尽艰辛。匈奴单于曾令苏武的好友、降将李陵前去探望，动之以情；又派“佳人”诱之以色。但苏武正气凛然，李陵羞愧而回，“佳人”自刎身亡。后来，汉皇见到大雁带回苏武的血书，派兵击败匈奴，苏武得以荣归。

虽说汉武帝在上林射雁得见帛书的故事有待考究，我却愿意相信，那只幻身为雁的精灵一如苏武的忠坚之魂，即使“羽翮转难任”，我亦“翩翩入上林”。

本诗作于唐代，是褚亮写给同僚好友虞世南的一首诗。想来这首《秋雁》定是作于世南辞世后，既是缅怀，亦带感伤。寄雁传书忠贞情，整诗对虞公的评价客观公正，褚亮借秋雁称颂虞公的大仁大义，同时映射自己的忠义守信。

说到这首《秋雁》，不得不牵出两位举足轻重的人物来，即褚亮与其子褚遂良。

褚亮，字希明，杭州钱塘（今浙江杭州）人，唐初十八学士之一。贞观元年（627），与杜如晦等十八人授弘文馆学士，被封为阳翟县男。褚亮支持唐太宗拓疆政策，命子褚遂良从军，出兵突厥。褚亮累迁至通直散骑常侍，十六年（642），进爵为阳翟县侯。后致仕归家。贞观二十一年（647）卒，年八十八，谥号曰康，赠太常卿，陪葬昭陵。

世南与褚亮亦师亦友，同朝为官，从隋入唐，一样的才学卓绝，一样的嫉恶如仇，一样的忠诚直谏。褚亮对这位笃行扬声、雕文绝世、网罗百世、并包六艺的天才奇人更表现出惺惺相惜的友情来。所幸文人褚亮耿直而不迂腐，他深知李世民如此看重虞公，与他在书法上的卓越造诣分不开，遂即想到为子择名师虞公而习之，假以时日可有一番成就。文以安邦，武可定国，褚亮深谋远虑，颇识时务，为子褚遂良铺平了一条顺利进阶的官宦路。后褚亮告老还乡，唐太宗李世民还向褚亮“借子”说：“你我相处，倏忽间已三十年。今你将归里，朕幸辽东，欲使你的次子遂良随朕东行，想你不会舍不得吧！”

褚遂良,褚亮之子,字登善,唐朝政治家、书法家。褚遂良博学多才,精通文史。隋末时,跟随薛举为通事舍人。归顺唐朝后,任谏议大夫、中书令执掌朝政大权。贞观二十三年(649),与长孙无忌同受唐太宗遗诏辅政,升尚书右仆射,封河南郡公,后出为同州刺史。永徽三年(652)被唐高宗召回,任吏部尚书,监修国史,旋为尚书右仆射,知政事。因坚决反对立武则天为后,被贬为潭州(今长沙)都督。武后掌权后,迁桂州(今桂林)都督,再贬爱州(今越南清化)刺史。显庆三年(658),卒于官,享年六十三岁。

薛稷、褚遂良、欧阳询、虞世南是初唐著名的书画家,被称为“初唐四大家”。当时,欧、虞齐名,学习他们书法的人很多。褚遂良在四人中算是晚辈了,他在书法上先学欧阳询,后来师从虞世南。

据说,褚遂良曾问师父虞世南:“我的书法与智永禅师相比怎么样?”虞世南答:“智永禅师一字值五万钱,你能这样吗?”褚遂良不甘心:“那我与欧阳询比怎么样呢?”虞世南说:“听说率更(欧阳询字‘率更’)写字不择纸笔,总是能写得很如意,你能做到吗?”其实这里虞公是自谦,他自己就是不择笔墨而妍捷者。褚遂良听后很沮丧,说:“既然谁也比不上,那我还这么刻苦干什么呢!”虞世南不忍心,说:“你心手双畅的时候,能写出比较称心的书迹,还是很可贵的。”褚遂良转忧为喜。

后来,褚遂良把虞、欧笔法融为一体,方圆兼备,波势自如,比前辈更显舒展。贞观十二年(638),李世民视同师长的虞世南逝世。李世民悲痛欲绝,叹息道:“虞世南死,无与论书者!”魏徵适时地将褚遂良推荐给了唐太宗,太宗即刻命他为“侍书”。

虞世南去世后,唐太宗曾为他作诗一篇,追述往古兴亡之道,接着感叹说:“钟子期死,伯牙不再鼓琴。朕的这篇诗,将拿给谁看呢?”便命起居郎褚遂良拿诗到虞世南的灵帐边读完后焚烧,希望他的神灵能感知。

对唐太宗来讲,曾经沧海,伯牙子期,即便有后人替代,也万万追不上夜阑独醒的伯施,人间至宝从来无二。不管岁月如何叠加,虞公的灵魂始终饱满而洁净。

三十一　应诏嘲司花女

学画鸦黄半未成，垂肩亸袖太憨生。
缘憨却得君王惜，长把花枝傍辇行。

《应诏嘲司花女》

曾几何时，你在笔墨云山痕、林下忆浅斟的时光中沉溺不醒，那丝丝点墨，在落下宣纸前，已注定相思和轮回。入水红尘，用半盏清香，绕过断肠柔情，在天涯思君，念念不忘中，执笔以寄清愁。

忆起与你一道琴瑟共鸣的日子，你伴我练琴，我陪你作画，从晨到暮，从漫天飘絮到雪花飞舞，扑蝶采花，划桨摘荷，焚香煮茶，彻夜长谈。

你说，为卿，你愿折去生命的定数，只为千山万水而来，与伊今世重逢。不问前生有多少旧梦妄念，不论来世能否再度携手，只愿今生，为我绾起长发，一世画眉。

岁月匆匆，当清风带来悠长的夏季，竟迷失在我思念的长堤。握一支眉笔，在窗前对着镜子轻描淡写，画一道弯弯的眉。我已习惯了这样的程序，哪怕再忙碌的早晨，即使没有你的相伴，我都会为你，低吟浅唱，静待君归。

懒起画蛾眉，弄妆梳洗迟。照花前后镜，花面交相映。下雨的日子，人总会生出慵懒的意味，找寻各种理由，为自己凭栏听雨觅一方净土，不愿请太多事或物进入自己的生命，一花一叶，半烟半风，即可。

在化妆镜中无意瞥到闺蜜对镜画眉，始终未成的模样，简直太过可爱，真要把我逗乐了，一边急得她连连感叹：连画眉，也是项技术活。另一边，我已笑翻在沙发上，不过笑归笑，还是得帮她扫扫娥眉，谁让我的手艺好呢!

边画边沉浸在虞公的《应诏嘲司花女》中，我臆想着，如若虞世南早点遇见袁宝儿，是否会成就另一段“风花隔水来”的情海往事?

大业八年（612），就在雄心勃勃的隋炀帝要征战高句丽前，他似乎想到一个问题：征战也该师出有名，一来有个周全的说法，二来是鼓舞士气，可那些个文官所作檄文不是陈词滥调就是缺少大国风范，难道我泱泱大隋就无一有用之才？嗟乎，哀哉!

而连日来，隋炀帝最宠爱的三位佳人又先后过世，自许为痴情无比的杨广，暗自悲伤不已，却如断了两臂，情何以堪!

郁闷与哀愁始终潜伏在杨广的心头，久久不能散去。政事，情事，无一不扰！即使后宫佳丽三千，也终究难入君王的法眼，不是挑花了眼，而是真能投缘且让杨广走心的女子，着实难遇。

偌大的皇宫，杨广遣散侍从们，独自一人在御花园散步赏月。忽而听见近处似有似无的哭泣声，好奇心牵着他继续往前，这一遇，一个惊艳了时光，一个温柔了岁月。他初见袁宝儿，她亦初见君王，这一眼，就注定沉沦。

娇憨单纯的遇见，是杨广以为的爱情；而朝思暮想的盼望，却永远不是宝儿所倾心的模样。

出生卑微的宫女袁宝儿，因为那场与皇帝的邂逅，成了驻扎在皇帝心尖儿的司花女。一个是端坐在金銮车上的王者，一个是捧着迎辇花的司花女，难道结局终究是一场无果的花开?

果然，事与愿违，袁宝儿所倾心的，并非至高无上的王者，而是在宫外曾教他练过字的虞公，她对他一见钟情，虽年龄悬殊，但只要心的距离相近，又有何不妥呢？可惜的是，那时的她并未了解到他的真实身份，虞公更是未曾关注过她，他们的露水之缘，甚是来的艰辛。

自从有了袁宝儿这位可心人，隋炀帝心情瞬间好转许多，上朝理政，批阅奏章，用膳打猎，都让袁宝儿作陪。袁宝儿多数是沉默不语的，有时也会憨憨地发呆，她这一呆萌样，抚平了杨广心头的躁动。

因袁宝儿形容尚小之缘故，平日里她也想学着宫里的女子花枝招展般打扮，可永远是弄巧成拙。她开始每天学着对镜画鸦黄，可惜，贴花钿总是贴歪，额头的黄色总是抹不匀，垂肩削背的身形总是穿不出长衣裙的飘逸感来，她自怨自艾地在一旁生闷气干着急，可她不知，君王欢喜她的正是那份难得的纯真憨态。

觉察到隋炀帝心情大有好转，虞世基趁机向皇帝推荐起自己的弟弟，以解无人书写大气且得君心的诏书之急。

杨广连夜召见虞世南，让他当场草拟《征辽指挥德音敕》。

此刻，袁宝儿万万没想到，自己心心念念的梦中人，正是眼前的起居舍人虞世南。娇羞、惊喜、慌张，那份欲言又止又无法克制的情深，令袁宝儿内心似打翻了五味瓶。她想掩盖自己的紧张，却更显憨呆；她想在虞公面前展现最美丽的一面，却越慌越乱，她只能眼睁睁看着虞公把自己当陌生人，或是皇帝的新宠，而无能为力。

就这样，见着了，呆呆地望着，总比在心底泛滥成灾，更宽慰些。袁宝儿的泪流在心底，也流尽最后一丝无望的惦念。

虞公洋洋洒洒一气呵成巨作，都未来得及抬头看袁宝儿一眼，就将诏书呈给皇帝。隋炀帝看着虞公霸气华贵的措辞，笔力遒劲的书法，赞叹不已。他转过头正想对着袁宝儿说几句溢美之词，却瞧见宝儿痴痴凝望的模样，不由更添宠溺之心来。

自信心爆棚的杨广，不会料想到，眼前憨态淳朴的纯情少女袁宝儿，永远成不了他心中那位沾得恩宠就能至死不渝的痴情人。但，他愿意信，这已足够！

“虞爱卿呀，你看你的一笔好字惹得我身边的宝儿都痴痴关注良久，不愧是书法大家，朕听闻你文采甚好，你就以宝儿为原型，赋诗一首。”隋炀帝对虞公说。

虞公不敢违旨，只得应承，此时才抬头望了袁宝儿一眼，更不敢多瞧，片刻功夫便赋七绝一首：

学画鸦黄半未成，垂肩亸袖太憨生。
缘憨却得君王惜，长把花枝傍辇行。

当虞公与袁宝儿四目相对的一刹那，他们彼此心底的涟漪是否会稀释凝滞的空气？

爱情，是最不按常理出牌，遇见谁，爱上谁，都是宿命的因果。

落花有意流水无情，感情的世界里，永远鲜有同频的共振，错付过，求不得，才更增添它的迷人和珍贵来。

或许，至死，虞公都不会知道，有一位十五岁光景的痴情少女，曾深深爱过他。

将来的将来，他们更不会有任何交集，有些爱，是需要被封存的，隐藏在心，就是对对方最大的爱护。

情不知所起，一往情深。爱，很多时候，都是一个人的事！

莫名伤感起来，忆起我最爱的古筝曲《琵琶语》，直到前几日才得知，这首曲子的背后，竟然还存有一个凄美的爱情故事。哀怨婉转又百折千回，让人仿佛穿越千年，看到闺中哀怨的女子，痴痴暗恋，却无缘牵手，只剩一人在痛苦中疗伤。

故事来源于奥地利著名作家斯蒂芬·茨威格的优秀短篇小说——《一个陌生女人的来信》。作品讲述的是一个陌生女人，在她生命的最后时刻，饱蘸着一生的痴情，写下了一封凄婉动人的长信，向一位著名的作家袒露自己绝望的爱慕之情。这个陌生的女子，在生命最美好的十八年里，去守望那样一份无果的爱情。

只要曾经拥有过你，便是好的，不管你是否能忆起我，在意过我，我都会带着那份最美的记忆，带着失重的灵魂，做你的路人。

每每弹奏到这首曲子，我都会悲伤到不能自已，为袁宝儿，为故事中的陌生女子，唏嘘到无法呼吸！

不得不说，这首诗是虞世南唯一的一首宫体艳诗，也是他这一生最不屑应诏而写的奉承诗，这全然拜隋炀帝所赐。作为臣属，诸多无奈。

而同是艳诗，有水准和没水准，也是千差万别的。世南的这首，就艳而不俗，圆润工整，已扫靡靡之音。

此外，诗中还用到了一个憨厚可爱的字——亸，亸意为下垂，下垂的香肩，憨厚的模样，这姿容，放到现在来讲就是清纯的邻家小妹。

明眼人一下可看出，这首诗绝非出自虞公本意，世南并未将诸多笔墨集中写在侍女的容貌上，而是紧紧抓住女性“学画鸭黄”和“垂肩亸袖”的可爱姿态，这已完全有别于南朝宫廷诗极其艳丽的风格。

在虞公的内心深处，对南朝诗风是相当抵触的，在思想内涵和理论主张上，他还是更看重儒家思想中“雅正”的诗学观。

无独有偶，唐太宗曾作宫体诗，让虞世南唱和，虞世南说：“圣作固然工整，但内容却并非文雅端正。陛下喜欢的，下面的臣子百姓必然趋之若鹜，臣怕这首诗一旦流传出去，天下的人都会追随效仿。因此不敢听从您的命令”。从此，唐太宗就再未作过此等宫体诗，正所谓彼之良药，吾之砒霜，遇到对的人或事，才能物尽其用，人尽其才。

虞公，你是我不可触及的忧伤，如微云孤月，散了轮回的牵绊。一朝痴情，湮灭几世青莲，化作彼岸的灯火阑珊。试问，何人不被红尘累，何人不为红尘瘦？奈何，奈何，就让渡口的那一束流光凝结成一座永恒的碑，一滴千年的泪，在阡陌旁永唱。尘缘从来都如水，莫多情，情伤己。

后记：虞世南的书法理论著作

在书法理论方面，虞世南传有《笔髓论》和《书旨述》二篇。《笔髓论》一方面阐述笔法及各种书体的书写规则，另一方面讲书法艺术的神韵。其中"契妙"一节尤为精髓，提出："故知书道玄妙，必资神遇，不可以力求也；巧机必须心悟，不可以目取也。"

如果说欧阳询是唐"法"的奠基者，那么虞世南则是"韵"和"意"的首倡者。欧书多北碑气骨，虞书则多南帖风韵；欧书重笔法而影响到中晚唐笔法论的兴盛和书法尚实之风的出现，虞书则重笔意而影响盛唐书道自然观以及写意之风的兴起。如果说欧是唐书的"造形大师"的话，那么虞就是唐书的"精神导师"，二者的对立统一为整个唐代书法艺术精神定下了基本基调。

《笔髓论》是一部书法用笔论著，全书一卷。该书既述真、草各体的结构特征、书写法则，及运笔方法等，分叙体、辨应、指意、释真、释行、释草、契妙等则。

《笔髓论》原文：

原古

文字，经艺之本，王政之始也。仓颉象山川江海之状，虫蛇鸟兽之迹，而立六书。战国政异俗殊，书文各别。秦患多门，定为八体。后复讹谬，凡五易焉，然并不述用笔之妙。及乎蔡邕、张、索之辈，钟繇、王、卫之流，皆造意精微，自悟其旨也。

辨应

心为君，妙用无穷，故为君也。手为辅，承命竭股肱之用，故为臣也。力为任使，纤毫不挠，尺寸有余故也。管为将帅，处运动之事，执生杀之权，虚心纳物，守节藏锋故也。毫为士卒，随管驱使，迹不凝滞故也。字为城池，大不虚，小不孤故也。

指意

用笔须手腕轻虚。虞安吉云："夫未解书意者，一点一画，皆求象本，乃转自取拙，岂成书耶?"太缓而无筋，太急而无骨，侧管则钝慢而多肉，竖管则干枯而露骨。及其悟也——粗而不锐，细而能壮，长而不为有余，短而不为不足。

释真

笔长不过六寸，捉管不过三寸，真一、行二、草三，指实掌虚。右军云："书弱纸强笔，强纸弱笔，强者弱之，弱者强之也。"迟速虚实，若轮扁斫轮，不疾不徐，得之于心，而应之于手，口所不能言也。拂掠轻重，若浮云蔽于晴天；波撇勾截，如微风摇于碧海；气如奔马，亦如朵钩，变化出乎心，而妙用应乎手；然则体约八分，势同章草，而各有趣。无问巨细，皆有虚散。其锋员豪蕤，按转易也。岂真书一体，篆、草、章、行、八分等当覆腕上抢，掠毫下开；牵撇、拨趯、锋转行草，稍助指端钩距、转腕之状矣。

释行

行书之体，略同于真。至于顿挫磅礴，若猛兽之搏噬；进退钩距，若秋鹰之迅击。故覆笔抢毫乃按锋而直引，其腕则内旋外拓，而环转纾结也。旋毫不绝，内转锋也。加以掉笔联毫，若石璺玉瑕，自然之理。亦如长空游丝，容曳而来往；又以虫网络壁，劲实而复虚。右军云："游丝断而能续，皆契以天真，同于轮扁。"又云："每作点画，皆悬管掉之，令其锋开，自然劲健矣。"

释草

草则纵心奔放，覆腕转蹙，悬管聚锋，柔毫外拓。左为外、右为内，起伏连卷，收揽吐纳，内转藏锋也。既如舞袖挥拂而萦纡，又若垂藤樛盘而缭绕。蹙旋转锋，亦如腾猿过树，逸虬得水，轻兵追虏、烈火燎原、或气雄而不可抑、或势逸而不可止，纵狂逸放，不违笔意也。右军云："透嵩、华兮不高，逾悬壑兮能越。"或连或绝、如花乱飞，若强逸意而不相副，亦何益矣？但先缓引兴，心逸自急也；仍接锋而取兴，兴尽则已；又生族锋，任毫端之奇，象兔丝之萦结；转剔、刓角、多钩、篆体，或如蛇形、或如兵阵。故兵无常阵，字无常体矣。谓如水火，势多不定，故云：字无常定也。

契妙

欲书之时，当收视返听，绝虑凝神，心正气和，则契于妙。心神不正，书则欹斜；志气不和，书则颠仆。其道同鲁庙之器，虚则欹，满则覆，中则正，正者冲和之谓也。然字虽有质，迹本无为，禀阴阳而动静，体万物以成形，达性通变，其常不主。故知书道玄妙，必资于神遇，不可以力求也。机巧必须以心悟，不可以目取也。字形者，如目之视也。为目有止限，由执字体也。既有质滞，为目所视远近不同，如水在方圆，岂由乎水？且笔妙喻水，方圆喻字，所视则同，远近则异，故明执字体也。字有态度，心之辅也；心悟非心，合于妙也。借如铸铜为镜，非匠者之明；假笔传心，妙非毫端之妙。必在澄心运思至微妙之间，神应思彻。又同鼓瑟轮指，妙响随意而生；握管使锋，逸态逐毫而应。学者心悟于至妙，书契于无为，苟涉浮华，终懵于斯理也。

《书旨述》原文：

客有通玄先生，好求古迹，为余知书启之发源，审以臧否。曰："余不敏，何足以知之。今率以见闻，随纪年代，考究兴亡，其可为元龟者，举而述之。古者画卦立象，造字设教。爰置形象，肇乎仓史，仰观俯察，鸟迹垂文。至于唐、虞，焕乎文章，畅于夏、殷，备乎秦、汉。洎周宣王史史籀，循科斗之书，采仓颉古文，综其遗美，别署新意，号曰籀文，或谓大篆。秦丞相李斯，改省籀文，适时简要，号曰小篆，善而行之。其仓颉象形，传诸典策，世绝其迹，无得而称。其籀文、小篆，自周、秦以来，犹如参用，未之废黜。或刻于符玺，或铭于鼎钟，或书之旌钺，往往人间时有见者。夫言篆者，传也；书者，如也。述事契誓者也。字者，孳也，孳乳浸多者也。而根之所由，其来远矣。”

先生曰：“古文籀篆，曲尽而知之，愧无隐焉。隶、草攸止，今则未闻，愿以发明，用祛昏惑。”曰：“至若程邈隶体，因之罪隶，以名其书，朴略微奥，而历祀增损，迄以湮沦。而淳、喜之流，亦称传习，首变其法，巧拙相沿，未之超绝。史游制于《急就》，创立草稿，而不之能；崔、杜析理，虽则丰妍，润色之中，失于简约。伯英重以省繁，饰之铦利，加之奋逸，时言草圣，首出常伦。钟太傅师资德升，驰骛曹、蔡，仿学而致一体，真楷独得精研。而前辈数贤，递相矛盾，事则恭守，无舍义则，尚有瑕疵，失之断割。逮乎王廙、王洽、逸少、子敬，剖析前古，无所不工。八体六文，必揆其理；俯拾众美，会兹简易；制成今体，乃穷奥旨。”

先生曰：“於戏！三才审位，日月烛明，固资异人，一敷而化。不然者何以臻妙？无相夺伦，父子联镳，轨范后昆。”先生曰：“书法玄微，其难品绘，今之优劣，神用无方。小学疑迷，惕然将寤，而旨述之义，其可闻乎？”曰：“无让繁词，敢以终序。”

附一：历史评价

封德彝：世基（虞世基）被诛，世南匍匐而请代；善心（许善心）之死，敬宗（许敬宗）舞蹈以求生。

李世民：(1) 朕因暇日，与虞世南商略古今，有一言之失，未尝不怅恨，其恳诚若此，朕用嘉焉。群臣皆若世南，天下何忧不理！

(2) 世南一人，有出世之才，遂兼五绝。一曰忠谠，二曰友悌，三曰博文，四曰词藻，五曰书翰。

(3) 虞世南于我，犹一体也。拾遗补阙，无日暂忘，实当代名臣，人伦准的。吾有小失，必犯颜而谏之。今其云亡，石渠、东观之中，无复人矣，痛惜岂可言耶！

(4) 礼部尚书、永兴文懿公虞世南，德行淳备，文为辞宗，夙夜尽心，志在忠益。

(5) 虞世南学综古今，行笃终始，至孝忠直，事多宏益。

(6) 虞世南死，无与论书者！

裴行俭：褚遂良非精笔佳墨，未尝辄书，不择笔墨而妍捷者，余与虞世南耳。

李嗣真：虞世南萧散洒落，真草惟命，如罗绮娇春，鹓鸿戏沼，故当子云之上。

吴兢：太宗皇帝好悦至言，时有魏徵、王珪、虞世南、李大亮、岑文本、刘洎、马周、褚遂良、杜正伦、高季辅，咸以切谏，引居要职。

张怀瓘：伯施隶行草入妙。

贾耽：众书之中虞书巧，体法自然归大道。不同怀素只攻颠，岂类张芝惟创草。形势素、筋骨老，父子君臣相揖抱。孤青似竹更飕飗，阔白如波长浩渺。能方正、不隳倒，功夫未至难寻奥。须知孔子庙堂碑，便是青箱中至宝。

裴敬：以学行、文翰俱称者，虞秘监。

刘昫：（1）虞永兴之从建德，李安平之佐公祏，褚阳翟之依薛举，盖大渴不能择泉而饮，大暑不能择荫而息耳，非不识其饮憩之所。及文皇帝揭三辰而烛天下，群贤雾集，人之所奉，方得跃鳞天池，擅价春山，为一代之至宝，则所托之势异也。隋掌郢握，曷有常哉！二虞昆仲，文章炳蔚于隋、唐之际；褚河南父子，箴规献替，洋溢于贞观、永徽之间。所谓代有人焉，而三家尤盛。

（2）猗与文皇，荡涤苍昊。十八文星，连辉炳耀。虞、褚之笔，动若有神。安平之什，老而弥新。

宋祁：文本才猷，世南鲠谔，百药之持论，亮、思廉之邃雅，德棻之辞章，皆治世华采，而澌汩于隋，光明于唐，何哉？盖天下未尝无贤，以不用亡；不必多贤，以见用兴。

岑宗日：世南潜心羲之，盖若颜子之亚圣。

司马光：世南外和柔而内忠直，上尝称世南有五绝：一德行，二忠直，三博学，四文词，五书翰。

曾巩：当房、杜之时，所与共事则长孙无忌、岑文本，主谏诤则魏郑公、王珪，振纲维则戴胄、刘洎，持宪法则张元素、孙伏伽，用兵征伐则李勣、李靖，长民守土则李大亮。其余为卿大夫，各任其事，则马周、温彦博、杜正伦、张行成、李纲、虞世南、褚遂良之徒，不可胜数。

米芾：虞世南如学休粮道士，神格虽清，而体四气疲。

洪迈：夫太宗之梦世南，盖君臣相与之诚所致。

高棅：虞监师资野王，嗜慕徐、庾。髫卯之年，婉缛已著；琨玙之美，绮藻并丰。虽隋皇忌人之主，贞观睿圣之朝，然而善始之爱，身存乱国，准伦之誉，竟列名臣，骈美二陆，不信知言矣乎？其诗在隋则洗濯浮夸，兴寄已远；在唐则藻思萦纡，不乏雅道。殆所谓圆融整丽，四德具存，治世之音，先人而兴者也。至如“横空一鸟度，照水百花燃”“竹开霜后翠，梅动雪前香”，天然秀颖，不烦痕削。又《长春宫应令》云“民瘼谅斯求”,《江都应诏》云“顺动悦来苏”,其视宫体之规,同归雅正。石渠、东观之思,自非圣主,何能扬休下后世哉!

丰坊:昔人传笔诀云:“双钩悬腕,让左侧右,虚掌实指,意前笔后。”论书势云:“如屋漏痕,如壁坼裂,如锥画沙,如印印泥,如折钗股。”自钟、王以来,知此秘者……唐则欧阳信本、虞伯施、褚登善、薛纯陀、薛嗣通、孙过庭、钟绍京、贾膺福、李泰和、贺季真、李太白、张伯高、杜子美、颜清臣、柳诚悬、钱藏真、张从申……虽所就不一,要之皆有师法,非孟浪者。

许学夷:武德、贞观间,太宗及虞世南、魏徵诸公五言,声尽入律,语多绮靡,即梁、陈旧习也……按《唐书》:“世南文章婉缛,慕徐陵。太宗尝作宫体诗,使赓和。世南曰:‘圣作诚工,然体非雅正,臣恐此诗一传,天下风靡,不也奉诏。’帝曰:‘朕试卿耳。’后帝为诗一篇,述古兴亡,既而叹曰:‘钟子期死,伯牙不复鼓琴,朕此诗何所示耶?’敕褚遂良即其灵座焚之。”今观世南诗,犹不免绮靡之习,何也?盖世南虽知宫体妖艳之语为非正,而绮靡之弊则沿陈、隋旧习而弗知耳。且世南所慕徐陵,而谓之雅正,可乎?至如《出塞》《从军》《饮马》《结客》及魏徵《出关》等篇,声气稍雄,与王褒、薛道衡诸作相上下,此唐音之始也。

褚人获:学士虞世南文学迈世。

曹树德:右军工书穷神化,嫡派相承虞永兴。内含刚健外婀娜,天然墨妙超人群。把玩再三不忍释,置之座隅忘朝昏。如与有道相接对,顿教方寸澹俗氛……惟有秘监擅众长,有如君子善藏器。但论行草亦偏工,暮年所得更深邃。兰亭茧纸空复空,即此已可追其踪。晚近俗书体尤弱,妩媚只成俳优风。临摹虽工神气失,枯枝断梗将无同。书法与世相流转,识者观此忧忡忡。

附二：虞世南生平史料

虞世南 24 岁：《旧唐书》卷一百九十：孔绍安，越州山阴人，陈吏部尚书奂之子。少与兄绍新，俱以文词知名。（陈宣帝太建）十三（辛丑，581），陈亡入隋，徙居京兆鄠县。闭门读书，诵古文集数十万言，外兄虞世南叹异之。绍新尝谓世南曰："本朝沦陷，分从湮灭，但见此弟，窃谓家族不亡矣！"

虞世南 24 岁：《陈书》卷三十：陈宣帝太建十三年（辛丑，581），（顾野王，虞世南老师）卒，时年六十三。

虞世南 49 岁：《隋书》卷七十六：大业初（606），（虞绰）转为秘书学士，奉诏与秘书郎虞世南、著作佐郎庾自直等撰《长洲玉镜》等书十余部。

虞世南 64 岁：《旧唐书》卷一：武德四年（621）五月己未，秦王大破窦建德（虞世南旧主）之众于武牢，擒建德。

虞世南（年岁不详）：《新唐书》卷二〇一：武德初，隐太子与秦王、齐王相倾，争致名臣以自助。太子有詹事李纲、窦轨、庶子裴矩、郑善果、友贺德仁、洗马魏徵、中舍人王珪、舍人徐师谟、率更令欧阳询、典膳监任璨、直典书坊唐临、陇西公府祭酒韦挺、记室参军事庾抱、左领大都督府长史唐宪；秦王有友于志宁、记室参军事（从六品上）房玄龄、虞世南、颜思鲁，谘议参军事窦纶、萧景，兵曹杜如晦，铠曹褚遂良，士曹戴胄、阎立德，参军事薛元敬、蔡允恭，主簿薛收、李道玄，典签苏勖，文学姚思廉、褚亮，敦煌公府文学颜师古，右元帅府司马萧瑀，行军元帅府长史屈突通、司马窦诞，天策府长史唐俭、司马封伦，军谘祭酒苏世长、兵曹参军事杜淹，仓曹李守素，参军事颜相时；齐王有记室参军事荣九思、户曹武士逸、典签裴宣俨，朗为文学。从父弟承序亦有名，王召为文学馆学士。朗累封汝南县男，再转给事中。

虞世南 64 岁：《唐会要》：武德四年（621）十月，秦王既平天下，乃锐意经籍。于宫城之西，开文学馆，以待四方之士。于是以僚属大行台司勋郎中杜如晦，记室考功郎中房玄龄……记室参军（从六品上）虞世南。参军事蔡允恭……号曰十八学士。写真图藏之书府，用彰礼贤之重也。诸学士食五品珍膳，分为三番，更直宿阁下。每日引见，讨论文典。得入馆者，时人谓之登瀛洲。

虞世南 65 岁：《旧唐书》卷一百八十九：武德五年（622），（裴矩）拜太子左庶子，俄迁太子詹事。令与虞世南撰《大唐书仪》，参按故实，甚合礼度，为学者所称，至今行之。

虞世南 69 岁：《唐会要》：武德九年（626）三月，改为弘文馆。至其年九月，太宗初即位，大阐文教，于弘文殿聚四部群书二十余万卷。于殿侧置弘文馆，精选天下贤良文学之士。虞世南、褚亮、姚思廉、欧阳询、蔡允恭、萧德言等，以本官兼学士，令更宿直，听朝之隙，引入内殿，讲论文义，商量政事，或至夜分方罢。

虞世南 69 岁：《唐会要》：武德九年（626）八月八日，（高祖）传位（太宗），称太上皇。

虞世南 70 岁：《唐会要》：贞观元年（627）敕。见在京官文武职事五品已上子。有性爱学书，及有书性者，听于馆内学书。其书法内出，其年有二十四人入馆。敕虞世南、欧阳询教示楷法。

虞世南 70 岁：《旧唐书》卷一百八十九：贞观元年（627）及（太宗）即位，又于正殿之左，置弘文学馆，精选天下文儒之士虞世南、褚亮、姚思廉等，各以本官兼署学士，令更日宿直。听朝之暇，引入内殿，讲论经义，商略政事，或至夜分乃罢。又召勋贤三品已上子孙，为弘文馆学士。

虞世南 70 岁：《旧唐书》卷二十八：贞观元年（627），宴群臣，始奏秦王破阵之曲……其后令魏徵、虞世南、褚亮、李百药改制歌辞，更名《七德之舞》，增舞者至百二十人，被甲执戟，以象战阵之法焉。

虞世南 71 岁：《旧唐书》卷三十：贞观二年（628），太常少卿祖孝孙既定雅乐，至六年（632），诏褚亮、虞世南、魏徵等分制乐章。

虞世南72岁：《旧唐书》卷三十：贞观三年（629）十二月戊辰，突利可汗来奔。癸未，杜如晦以疾辞位，许之。癸丑，诏建义以来交兵之处，为义士勇夫殒身戎阵者各立一寺，命虞世南、李伯药、褚亮、颜师古、岑文本、许敬宗、朱子奢等为之碑铭，以纪功业。

虞世南73岁：《唐会要》：贞观四年（630）十一月，复置（秘书少监，从四品上）一员，以虞世南为之。

虞世南73岁：《旧唐书》卷六十六：贞观四年（630），（杜如晦）寻薨，年四十六。太宗哭之甚恸，废朝三日，赠司空，徙封莱国公，谥曰成。太宗手诏著作郎虞世南曰："朕与如晦，君臣义重。不幸奄从物化，追念勋旧，痛悼于怀。卿体吾此意，为制碑文也。"

虞世南74岁：《新唐书》卷二百一：贞观五年（631），（康者国）遂请臣。太宗曰："朕恶取虚名，害百姓；且康臣我，缓急当同其忧。师行万里，宁朕志邪？"却不受。俄又遣使献狮子兽，帝珍其远，命秘书监虞世南作赋。

虞世南74岁：《唐会要》：贞观五年（631）九月二十七日，秘书监魏徵撰《群书政要》，上之。太宗欲览前王得失，爰自六经，讫于诸子。上始五帝，下尽晋年，徵与虞世南、褚亮、萧德言等始成凡五十卷。

虞世南75岁：《旧唐书》卷三十：贞观六年（632），褚亮、虞世南、魏徵等作此词，今行用。

虞世南75岁：《贞观政要》卷二：贞观六年（632），太宗以御史大夫韦挺、中书侍郎杜正伦、秘书少监（从四品上）虞世南、著作郎姚思廉等上封事称旨，召而谓曰："朕历观自古人臣立忠之事，若值明主，便宜尽诚规谏，至如龙逄、比干，不免孥戮。为君不易，为臣极难。朕又闻龙可扰而驯，然喉下有逆鳞。卿等遂不避犯触，各进封事。常能如此，朕岂虑宗社之倾败！每思卿等此意，不能暂忘，故设宴为乐。"仍赐绢有差。

虞世南75岁：《旧唐书》卷七十：贞观六年（632），（杜）正伦与御史大夫韦挺、秘书少监（从四品上）虞世南、著作郎姚思廉等咸上封事称旨，太宗为之设宴。

虞世南 75 岁：《资治通鉴》一百九十四卷：贞观六年（632）闰八月，戊辰，秘书少监（从四品上）虞世南上《圣德论》，上赐手诏，称："卿论太高。朕何敢拟上古，但比近世差胜耳。然卿适睹其始，未知其终。若朕能慎终如始，则此论可传；如或不然，恐徒使后世笑卿也！"

虞世南 76 岁：《贞观政要》卷二：贞观七年（633），累迁秘书监，太宗每机务之隙，引之谈论，共观经史。世南虽容貌懦弱，如不胜衣，而志性抗烈，每论及古先帝王为政得失，必存规讽，多所补益。

虞世南 76 岁：《旧唐书·虞世南传》：贞观七年（633），（秘书少监）转秘书监（从三品），（虞世南）赐爵永兴县子。

虞世南 76 岁：《旧唐书》卷七十：贞观七年（633），（戴胄）卒，太宗为之举哀，废朝三日。赠尚书右仆射，追封道国公，谥曰忠，诏虞世南撰为碑文。

虞世南 76 岁：《唐会要》：贞观七年（癸巳，633）九月二十三日，上谓侍臣曰："朕因暇日，每与秘书监（从三品）虞世南商量今古。朕一言之善，虞世南未尝不悦；有一言之失，未尝不怅恨。尝戏作艳诗。世南进表谏曰：'圣作虽工，体制非雅。上之所好，下必随之。此文一行，恐致风靡。轻薄成俗，非为国之利。赐令继和，辄申狂简。而今之后，更有斯文，继之以死，请不奉诏旨。'群臣皆若世南，天下何忧不治？"因顾谓世南曰："朕更有此诗，卿能死否？"世南曰："臣闻诗者，动天地，感鬼神，上以风化下，下以俗承上。故季札听诗，而知国之兴废。盛衰之道，实基于兹。臣虽愚诚，原不奉诏。"

虞世南 77 岁：《贞观政要》卷十：贞观八年（甲午，634），有彗星见于南方，长六丈，经百余日乃灭。太宗谓侍臣曰："天见彗星，由朕之不德，政有亏失，是何妖也？"虞世南对曰："昔齐景公时彗星见，公问晏子。晏子对曰：'公穿池沼畏不深，起台榭畏不高，行刑罚畏不重，是以天见彗星，为公戒耳！'景公惧而修德，后十六日而星没。陛下若德政不修，虽麟凤数见，终是无益。但使朝无阙政，百姓安乐，虽有灾变，何损于德？愿陛下勿以功高古人而自矜大，勿以太平渐久而自骄逸，若能终始如一，彗见未足为忧。”太宗曰：“吾之理国，良无景公之过，但朕年十八便为经纶王业，北剪刘武周，西平薛举，东擒窦建德、王世充，二十四而天下定，二十九而居大位，四夷降伏，海内乂安。自谓古来英雄拨乱之主无见及者，颇有自矜之意，此吾之过也。上天见变，良为是乎？秦始皇平六国，隋炀帝富有四海，既骄且逸，一朝而败，吾亦何得自骄也？言念于此，不觉惕焉震惧！”魏徵进曰：“臣闻自古帝王未有无灾变者，但能修德，灾变自销。陛下因有天变，遂能戒惧，反复思量，深自克责，虽有此变，必不为灾也。”

虞世南 77 岁：《旧唐书》卷：贞观八年（甲午，634）八月二十三日，星孛于虚、危，历于玄枵，凡十一日而灭。太宗谓侍臣曰：“是何妖也？”虞世南对曰：“齐景公时，有彗星。晏子对曰：‘公穿池畏不深，筑台恐不高，行刑恐不重，是以彗为诫耳。’景公惧而修德，十六日而星灭。臣闻若德政不修，麟凤数见，无所补也；苟政教无阙，虽有灾愆，何损于时。伏愿陛下勿以功高古人而矜大，勿以太平日久而骄逸，慎终如始，彗何足忧？”帝深嘉之。

虞世南 77 岁：《旧唐书》卷三十七：贞观八年（甲午，634）七月七日，陇右山崩，大蛇屡见。太宗问秘书监（从三品）虞世南曰：“是何灾异？”对曰：“春秋时梁山崩，晋侯召伯宗而问焉。对曰：‘国主山川，故山崩川竭，君为之不举，降服出次，祝币以礼焉。’晋侯从之，卒亦无害。汉文帝九年，齐、楚地二十九山同日崩。文帝出令，郡国无来献，施惠于天下，远近欢洽，亦不为灾。后汉灵帝时，青蛇见御座。晋惠帝时，大蛇长三百步，经市入庙。今蛇见山泽，盖深山大泽，实生龙蛇，亦不足怪也。唯修德可以消变。”

虞世南 78 岁：《旧唐书》卷一百九十八：贞观九年（乙未，635），（康国）又遣使贡狮子，太宗嘉其远至，命秘书监虞世南为之赋，自此朝贡岁至。

虞世南 78 岁：《唐会要》：贞观九年（乙未，635）五月六日（李渊）

崩于大安宫垂拱前殿，年七十。其年十月庚寅，葬献陵，在京兆府三原县界。谥曰大武皇帝，庙号高祖，哀册文。秘书监（从三品）虞世南撰，谥册文。

虞世南 78 岁：《资治通鉴》：贞观九年（乙未，635）七月，丁巳，诏："山陵依汉长陵故事，务存隆厚。"期限既促，功不能及。秘书监（从三品）虞世南上疏，以为："圣人薄葬其亲，非不孝也，深思远虑，以厚葬适足为亲之累，故不为耳。昔张释之有言：'使其中有可欲，虽锢南山犹有隙。'刘向言：'死者无终极而国家有废兴，释之之言，为无穷计也。'其言深切，诚合至理。伏惟陛下圣德度越唐、虞，而厚葬其亲乃以秦、汉为法，臣窃为陛下不取，虽复不藏金玉，后世但见丘垄如此其大，安知其中无金玉邪！且今释服已依霸陵，而丘垄之制独依长陵，恐非所宜。伏愿依《白虎通》为三仞之坟，器物制度，率皆节损，仍刻石立之陵旁，别书一通，藏之宗庙，用为子孙永久之法。"疏奏，不报。世南复上疏，以为："汉天子即位即营山陵，远者五十馀年；今以数月之间为数十年之功，恐于人力有所不逮。"上乃以世南疏授有司，令详处其宜。房玄龄等议，以为："汉长陵高九丈，原陵高六丈，今九丈则太崇，三仞则太卑，请依原陵之制。"从之。

虞世南 78 岁：《贞观政要》卷二：及高祖晏驾（贞观九年，635），太宗执丧过礼，哀容毁悴，久替万机，文武百寮，计无所出，世南每入进谏，太宗甚嘉纳之，益所亲礼。

虞世南 81 岁：《旧唐书》卷三：贞观十二年（638）夏五月壬申，银青光禄大夫（从三品，虚衔，荣耀）、永兴县公虞世南卒。

虞世南 81 岁：《唐会要》：赠礼部尚书（正三品）永兴县公虞世南。贞观十二年（638）十一月敕，虞世南学综古今，行笃终始，至孝忠直，事多宏益。易名之典，抑有旧章，前虽谥懿，未尽其美，可谥曰文懿。

虞世南 81 岁：《旧唐书·虞世南传》：贞观十二年（638），致仕，授银青光禄大夫，弘文馆学士如故，禄赐防阁视京官职事者。卒，年八十一，诏陪葬昭陵，赠礼部尚书，谥曰文懿。

参考文献

[1] 余恕诚.《唐诗风貌》（修订本）[M]. 北京：中华书局，2014.

[2] 闻一多.《唐诗杂论》[M]. 北京：中华书局，2009.

[3] 胡洪军、胡遐.《虞世南诗文集》[M]. 浙江古籍出版社，2012.

[4] 阮爱东.《唐音之始：虞世南诗歌新论》[J]. 新疆大学学报哲学·人文社会科学版，2011：39（2）.

[5] 李连霞.《论虞世南诗歌与初唐诗风新变》[J]. 南华大学学报·社会科学版，2005：3（23）.

[6] 邓无暇，李建国.《论虞世南应制诗的隋唐之变》[A]. 三峡大学文学与传媒学院，2015：05-0095-04.

图书在版编目(CIP)数据

独自暗中明:"五绝名臣"虞世南的妙墨禅心 / 吴鸿雁著. —杭州: 浙江古籍出版社, 2020.9
ISBN 978-7-5540-1673-2

Ⅰ.①独… Ⅱ.①吴… Ⅲ.①唐诗-诗歌欣赏 Ⅳ.①I207.227.42

中国版本图书馆 CIP 数据核字(2020)第 015518 号

独自暗中明:"五绝名臣"虞世南的妙墨禅心

吴鸿雁 著

出版发行 浙江古籍出版社
(杭州市体育场路 347 号 电话:0571-85068292)
网　　址 www.zjguji.com
责任编辑 刘成军
责任校对 吴颖胤
封面设计 吴思璐
责任印务 楼浩凯
激光照排 浙江新华图文制作有限公司
印　　刷 浙江海虹彩色印务有限公司
开　　本 710mm×1000mm 1/16
印　　张 12
字　　数 175 千字
版　　次 2020 年 9 月第 1 版
印　　次 2020 年 9 月第 1 次印刷
书　　号 ISBN 978-7-5540-1673-2
定　　价 39.00 元
